親子の絆に恋賭けて

親子十手捕物帳⑥

小杉健治

時代小説文庫

角川春樹事務所

目次

第一章　刺客

一

正月朔日《ついたち》の夜のことであった。

大晦日《おおみそか》からの強い雪が、江戸の町をすっかり白く覆っている。浜町川《はまちょうがわ》の鞍掛橋《くらかけばし》から南に向かって東側の東緑河岸《ひがしみどりがし》を蓑《みの》に身を包んだ辰吉《たつきち》は駆けていた。

少し前には岡《おか》っ引《ぴ》きの忠次《ちゅうじ》が走る。辰吉よりも一回り以上歳上《としうえ》の三十代半ばなのにもかかわらず、雪道では辰吉よりも早く行く。

辰吉は足元を雪で取られたり、滑りそうになったりして何とか忠次に付いて行った。

厳しい吹雪《ふぶき》が辰吉の顔に当たり、冷たさを通り越して痛いほどであったが、着物の下は汗でびっしょりと湿っていた。

やがて、浜町川に面した二階建ての料理茶屋『武蔵屋《むさしや》』の前に、蓑や笠《かさ》を被《かぶ》った人だかりが見えた。

忠次が近づいていくと、

「通油町《とおりあぶらちょう》の」

人だかりの中のひとりが声をかけ、

「二階です」

と、案内した。

辰吉も忠次の後をついて、『武蔵屋』の土間に入り、草履《ぞうり》を脱ぐと、正面すぐの階段を上がって、一番奥の開けっ放しになっていた部屋へ行った。

中に入ると、四十手前くらいの男が右手に匕首《あいくち》を持ちながら睨《にら》みつけるような顔で仰向《あおむ》けに倒れており、その男に覆い被さるように二十代半ばの女が背中から刺されて横たわっている。畳や壁に飛び散った血は、まだ乾き切っていない。

障子《しょうじ》は開けっ放しになっており、雪の混じった冷たい風が吹き付ける。

「あっ、大嶋組《おおしまぐみ》の常吉《つねきち》だ！」

忠次は驚いたように声を上げた。

「あの親分が……。大嶋組の子分が知ったら、黙っちゃいないでしょうね」

常吉は三百人の子分がいる『大嶋組』の親分で、日本橋箔屋町《にほんばしはくやちょう》に居を構えるやくざだ。賭博《とばく》や興行をしのぎとしているが、表向きは口入屋《くちいれや》をしている。

辰吉は大嶋組の子分たちを喧嘩沙汰《けんかざた》などで捕まえることはあったが、常吉には会ったことはない。

「この女は誰《だれ》だろうな」

忠次がきいてきた。

「見たことありませんね」

辰吉は首を横に振ると、

「この女はうちのお初《はつ》という女中です」

後ろから声がした。振り返ると、『武蔵屋』の番頭だった。

「多分、下手人を見ていたから殺されたんだろうな」

忠次は同情するように言ってから、

「お前さんは殺しがあった時はどこにいたんだ」

と、きいた。

「二階の帳場におりました。そしたら、二階でドタバタと音がしたんで、心配になって駆け付けてみると、ご覧の通りです」

番頭が手振りを交えて説明した。

「じゃあ、下手人は見ていないんだな」

忠次が確かめる。

「ええ、私は見ておりませんが、お隈《くま》という女中が見ています」

番頭がそう言い、隣にいる若い女の背中を軽く押した。

女は小さく咳払《せきばら》いしてから、

「たしか、六つ（午後六時）の鐘が鳴ったすぐ後でした。笠と蓑を被った背の高い細身の男が店に入って来たんです。そして、大嶋組の親分はいるかときいてきました」

と、言った。

ひと呼吸置いてから、女は続けた。

「笠で顔が見えなかったんですが、知り合いだと言っていたのでここまでお連れしようとしましたら、案内はいらないと言い、部屋の場所だけきいてひとりで上がって行ったんです」

「そうか。その時、他に客はいたか？」

忠次は女中と番頭を交互に見た。

「いいえ、誰も使っておりません。ただ、ちょっと気になることが……」

番頭が言った。

「なんだ？」

忠次が重々し気にきく。

「殺しが起きる前に、丸傳《まるでん》一家の子分が店の近くをうろうろしていたんです」

「丸傳一家だと？」

忠次の片眉《かたまゆ》が上がった。

丸傳一家とは京橋具足町《きょうばしぐそくちょう》に構えるやくざである。親分の傳兵衛《でんべえ》が達磨《だるま》のように丸くて大きな体のために、丸傳と仇名《あだな》されていて、それが通り名となっている。

「丸傳一家の誰がいたんだ」

「いえ、それが名前までわからないのですが、よく丸傳の親分の用心棒をしていた背の高い細身の男です」

「背の高い細身の男？　下手人と重なるな」

忠次は考え深げに腕組みをして、

「丸傳と、常吉か」

と、神妙な顔をして呟《つぶや》いた。

このふたりは元はといえば、同じ大嶋組であったが、十年前に先代の大嶋の親分が死んだのをきっかけに、跡目相続で揉《も》めて、丸傳が大嶋組を辞めて、新たに一家を作った。以来シマの取り合いで、いざこざが絶えなかった。

「大嶋組も丸傳だと疑うだろう。下手《へた》すると、殺し合いになるかもしれねえ」

忠次が厳しい顔で呟き、

「障子が開いているのは？」

と、きいた。

「下手人はそこから屋根伝いに逃げたと思われます」

近くにいた町役人《ちょうやくにん》が口を挟む。

「逃げている姿を見た者はいねえのか」

忠次が一同を見渡した。

「窓の外を覗《のぞ》いても、それらしき姿はありませんでした」

町役人のひとりが言った。

そんな話をしているうちに、定町廻《じょうまちまわ》り同心の赤塚新左衛門《あかつかしんざえもん》が供の者を連れてやって来た。寒さのせいで、鼻が真《ま》っ赤《か》になっている。

「赤塚の旦那《だんな》、この殺しは……」

忠次が赤塚の隣に行き、ことのあらましを語った。

赤塚は表情を変えずに話をききながら、

「この雪の中だと、下手人の足取りを追うのは難しいかもしれぬな」

と、漏らした。

「ただ、常吉を殺したのは……」

忠次が言いかけると、

「丸傳一家だな？」

赤塚が当てた。

「ええ、番頭が殺しの前に傳兵衛の用心棒の男を見ています」

「調べてみる必要はあるな」

「とりあえず、近所で下手人を見たものがいるか。もしいたら、その特徴が用心棒の男と重なるかを確かめましょう。それから、用心棒の男が殺しがあった時、どこで何をしていたのかを探ってみましょう」

忠次が淡々と進めた。赤塚に異論はなかった。辰吉はそれを聞きながら、「さすが親分」と心の中で唸《うな》った。

「まずは検分だ」

赤塚が言うと、忠次が辰吉の耳元で、

「お前は近所で下手人らしき男を見かけなかったかきいて回れ」

と、指示した。

「へい」

辰吉は忠次と赤塚に頭を下げて、部屋を出て、階段を下った。一階には店の奉公人たち十人ほどが心配そうに待っていた。

その中から、年頃《としごろ》十七、八の男の奉公人が出てきて、

「あの、階段の端《はし》の方にこんなものが……」

と、根付《ねつけ》を差し出した。そこには、丸の中に傳の紋様が描かれている。

「丸傳だ……」

辰吉は手に取って呟いた。

下手人が誤って落としたものだろうか。そしたら、やはり用心棒の男なのではないか。

辰吉は根付を奉公人に返し、

「とりあえず、上にいる忠次親分に渡してみろ」

と、告げた。

それから、辰吉は蓑を着て、冷たい風の吹きすさぶ外に出て、『武蔵屋』を一周した。

常吉とお初がいた座敷は裏庭に面していて、隣の家は醤油屋《しょうゆや》である。

まずはその裏口の戸を叩《たた》き、

「通油町の忠次親分の手下で辰吉と申します。ちょっと、殺しのことで伺いたいのですが」

と声を上げた。

すると、戸がゆっくりと開き、

「えー、私がここの番頭ですが」

と、三十くらいの男が出てきた。

「殺しのことはご存知で？」

辰吉がきくと、

「ええ、もちろんでございます。物騒なので戸締りして、店の者たちには外に出ないように言い付けていました」

番頭は心配そうな顔で答えた。

「下手人はこの店の屋根を伝って逃げたと思われるんですが、何か覚えはありませんか」

辰吉がきくと、

「ええ、私が二階の物置で荷物の片付けをしている時に、屋根に足音がするのが聞こえたんです。猫や狸《たぬき》にしては随分と重そうな足音でしたので、もしや泥棒かと店の若い衆たちに伝えて外に様子を見に行かせたのですが、その時には誰もいませんでした。まさか、その時、お隣で殺しが起きていようなど考えもしませんでした」

番頭は首をゆっくりと横に振った。

「他に変わったことはありませんか」

「いえ、特に……」

「そうですか。また下手人が戻ってこないとも限らないので、しっかりと戸締りをしておいてください」

辰吉はそう注意を告げてから、他にも何軒か聞いて回った。だが、正月で、しかも雪の日なので、誰も外に出ておらず、下手人と思われる者を見た者はいなかった。

何も得られないまま、辰吉は『武蔵屋』に戻った。

すると、大嶋組の子分たちが店の前に殺到していた。辰吉はそれを横目に店の中に入り、二階の奥の部屋へ行った。

部屋の中には、さっきいなかった者がふたりいた。ひとりは三十代半ばの役者のような眉目《びもく》の男で、大嶋組の代貸《だいがし》政次郎《せいじろう》だ。隣にいるのは殺された常吉の女房であった。

「下手人は本当にわからないんですか？」

政次郎が怒りを滲《にじ》ませていた。

「ああ、わからない。でも、変に勘ぐるなよ」

赤塚が釘《くぎ》を差した。

「わかっています」

政次郎はどこか遠い目をして答える。

すると、横から常吉の女房が、

「旦那、うちのひとを連れてかえってもいいですかい」

と、寂しげな目で訴えた。

「まだだ、検死が済んでからだ」

赤塚は断った。

辰吉はふたりに近づき、

「旦那に、親分。近所では誰も下手人らしき男を見た者はいません」

と、伝えた。

「そうか」

赤塚は短く答え、

「下手人は鎧通《よろいどお》しを使って殺したようだ。常吉もお初も傷痕《きずあと》が一か所しかねえし、そんなもんを使うくれえだから、下手人は刀に覚えがあるもんだろう。そんな男に覚えがないか」

と、政次郎にきいた。鎧通しというのは、武士が戦場で組み打ちの際、鎧を通して相手を刺すために用いた手元の重ねが分厚くて、先が薄い、頑丈な造りの鍔《つば》のない真っすぐで鋭利な短剣である。

「さあ。でも、丸傳には殺しに手慣れた者が多くいますからね」

政次郎は険しい顔で答えた。

「まだ丸傳だと決まったわけではない。思い込みはいけないぞ」

赤塚は厳しい声で言った。

「辰吉」

忠次が辰吉を部屋の隅に呼ぶと、

「丸傳一家へ行ってみろ」

と、命じた。

辰吉はさっそく、『武蔵屋』を出て、京橋具足町へ向かって歩き出した。

二

京橋具足町にある白い土壁で囲われた大きな家にも雪が積もっていた。

門から家の出入り口まで、敷石が何十とある。左右を見渡すと手入れのされた立派な枝ぶりの良い松の木がいくつも聳《そび》えていた。

夜なのに、庭では若い衆たちが雪かきをしており、磯太郎《いそたろう》という代貸で、細目の男が辰吉の顔を見るなり近づいてきて、

「どちらさんで？」

と、なめるように辰吉を見た。

「あっしは通油町の岡っ引き忠次親分の手下で辰吉というもんです」

そう名乗ると、

「何のようで？」

細目の男は相変わらず警戒するように訊《たず》ねた。

口調こそ丁寧なものの、目つきは元からなのか、それとも忠次が他の件で疑いをかけているからなのか、かなり険しいものだった。

「東緑河岸の『武蔵屋』で大嶋組の常吉親分が殺された件です」

辰吉は重たい口調で切り出した。

「えっ、常吉親分が？」

磯太郎は驚いたようにきき返した。

「ええ、先ほど」

「そうですか……」

磯太郎は小さく答えたが、内心ほくそ笑んでいるようにも思える。丸傳一家にとって、常吉がいなくなれば、勢力図も覆《くつがえ》ることもあり得る。

「そういえば、おたくの親分にいつも付いている用心棒がいますね」

「ええ」

「名前は何ていうんです？」

「源五《げんご》ですが」

「源五さんは今いますか？」

辰吉はきいた。

すると、磯太郎は苦い顔をして、

「源五はいません。訳あって、故郷に帰っているんです」

と、素っ気なく答えた。

「故郷？」

「ええ」

「故郷はどこなんです？」

「赤穂《あこう》のほうだったはずですが。どうして、そんなことを？」

磯太郎が首を傾《かし》げた。

「殺しの少し前に、常吉親分が殺された『武蔵屋』の近くで源五さんを見かけたという者がいるんです」

辰吉は磯太郎の顔色を窺《うかが》った。

「おそらく、人違いでしょう。源五は江戸にいませんから。それに、あいつに何かあったとしても、もう丸傳一家とは関係ねえ話なんで」

磯太郎は一蹴《いっしゅう》した。

「どういうことです？」

辰吉はすかさず確かめた。

「いえ、あなた方には関係のない話です。どうぞ、お引き取りください」

磯太郎は目を逸《そ》らし、冷たく言い放つと、背を向けた。

「待ってください。あと、傳兵衛親分にも話が……」

辰吉は呼び止めた。

磯太郎は顔だけ振り向け、

「親分に？　まさか、親分が源五に命じて、常吉を殺させたと考えているんじゃねえでしょうね？」

と、険しい顔で言った。

「いえ、そういうわけじゃありませんが、『武蔵屋』にこちらの紋の根付が落ちていたんです」

辰吉がそう言うと、磯太郎は少し驚いたように目を見開いて、

「だから、どうっていうんです？」

と、体をもう一度辰吉に向けた。

「こちらの紋である以上、傳兵衛親分からも話を聞かないといけません」

「やっぱり、手前どもを疑っているわけですね」

「ただ、お話を伺いたいだけです。もし、何もなければ、それで済む話ですので」

「何も関係ないんですから、取り調べのような真似事《まねごと》は受けたくねえんですよ」

「そんなに長くかかりませんから。傳兵衛親分と話をさせてください」

「無理です。どうぞ、お引き取りを」

磯太郎はきっぱりと否定した。

しかし、辰吉は引き下がらずに、何度も会わせるように訴えかけた。だが、磯太郎も断り続けた。

ふたりの掛け合いの声が徐々に大きくなっていく。どちらも意地の張り合いだ。

すると、体の大きな男たちがふたり近寄ってきた。

「兄貴、この野郎をやっちまいましょうか」

ひとりが舌打ち混じりに言う。

「口を慎まねえか。これでも、岡っ引きの手下の方だ」

磯太郎は心ではそんなこと思ってもいないかのように、いい加減に注意した。

「でも、あまりここに居られては迷惑ですぜ」

もうひとりが指を鳴らしながら、脅しをかけてくる。

しかし、辰吉の心は折れない。

「とにかく、親分に会わせてくれないと帰りませんよ。あまり応じてくれねえようでしたら、こっちも強引に出ないといけません」

辰吉は声を張り上げた。

「……」

　磯太郎は黙って少し考えてから、

「ちょっとお待ちを」

　と、屋敷の中に入って行った。

　脅しをかけてきたふたりの男は何も言わずに、辰吉を睨みつけていた。辰吉は気にせず、庭を見渡した。

「どうして、こんなに大きな屋敷に住めるんだか……」

　辰吉は独り言のように呟いた。

　世の中、忠次のように正義を貫く者が、捕り物ではそれほど金はもらっておらず、やくざの方が羽振りのよいことに複雑な気持ちになる。

　やくざなんかいらないとは思わないが、正直者が報《むく》われる世の中でないとおかしいとつくづく思う。

　やがて、磯太郎が戻ってきて、

「やっぱり親分は、都合が悪いんで。また今度」

　と、面倒くさそうに告げた。

「今日はどうしても駄目ですか」

「ええ、こっちにも都合というもんがございますから」

磯太郎は頑として、傳兵衛に会わせようとしない。

辰吉は少し考えてから、

「わかりました。また、来ますから」

と念を押して、その場を後にした。


それから、半刻《はんとき》（約一時間）後。

辰吉は日本橋通油町にある『一柳《ひとつやなぎ》』の裏口を入った。ここは忠次が営んでいる料理屋である。元は忠次の女房の父親が作った店だが、忠次がここに婿入《むこい》りして、受け継いだ。

奥の部屋に行くと、忠次は銀の煙管《きせる》で煙をくゆらせていた。

辰吉は火鉢を挟んで、忠次と向かい合わせに座り、

「用心棒の源五にも、丸傳の親分にも会えませんでした。申し訳ございやせん」

と、謝った。

「なに？　ふたりともいなかったのか？」

忠次は煙管を口から離し、首を傾げる。

「いえ、いることにはいたんですが、庭にいた子分がどうしても中に通してくれなかったんです。源五は故郷の赤穂に帰っているって言い張っています」

「故郷だと？」

「ええ、でも、それはどうせ嘘《うそ》でしょう」

　辰吉は決めつけた。

「いや、まだわからねえ。源五を見たというのは、『武蔵屋』の番頭だけだ。番頭の見間違いってこともあり得る」

「でも、丸傳一家の紋が入った根付だって出てきています。源五のものだとしたら、傳兵衛に命令されて常吉を殺したんでしょう」

「うーむ」

　忠次は腕を組んで唸った。

「もし、丸傳一家が何も関係ないなら、傳兵衛だって出てきて話をすればいいじゃねえですか。そうすれば、疑いは晴れるんですから。やっぱりおかしいですって」

　辰吉の声が次第に大きくなる。

「だが、丸傳一家はいつもそうだ。何もなくたって、俺《おれ》たちが介入するのを嫌がる」

　忠次は煙管の雁首《がんくび》を灰吹きに軽く叩きつけ、灰を落とした。

それから、また新しい莨《たばこ》を詰める。

「丸傳はいくら捕り物だろうが、仮に同心の旦那であっても、こびへつらうことはねえ。むしろ、そういう者たちには嚙《か》みついて見せるもんだ。今は大分大人しくなったが、昔はそれで、散々苦労をした」

忠次は苦笑いする。

「親分は源五、いや丸傳一家の仕業じゃねえとお思いですか」

辰吉は率直にきいた。

「いや」

忠次は首を傾げ、

「少し前に、丸傳一家の子分たちが博打《ばくち》をした罪で一斉にしょっ引かれた。誰が密告したのかわからねえが、大嶋組という噂《うわさ》もあるほどだ」

と、告げた。

「じゃあ、その恨みで常吉を殺そうと考えてもおかしくないですね」

辰吉は声を弾ませた。

「ああ。それに何といっても、下手人と用心棒の源五の容姿が一致する」

忠次が答えた。

「とりあえず、また明日も行ってみます」

辰吉は意気込んで言った。


翌日の朝、二日に渡って降っていた雪は止《や》み、雲がなく、晴れわたっていた。日向《ひなた》にいると、寒さの中にもほんのりと春らしい暖かさを感じる気持ちの良い陽気だった。

辰吉は再び具足町の丸傳一家にやって来た。昨日と違って庭には子分たちはいなかった。

辰吉は敷石を渡って、土間に入り、

「すみません、通油町の」

と、声を上げた。

すると、金の衝立《ついたて》の奥から昨日の男磯太郎がひょっこりと顔を出した。

「あなたですか」

磯太郎は冷たく言う。

「今日は親分から話を聞かせてもらいます」

辰吉は気合を入れて言った。

「出来ません」

磯太郎はむっとしたように言い返す。

「では、源五さんは？」

辰吉は厳しい目を向けた。

「故郷に帰っているると言っているでしょう」

磯太郎は呆《あき》れたように答える。

このままでは埒《らち》が明かない。

「すぐに終わりますから」

辰吉は無理やりにでも会おうと、履物を脱いで、上がり框《がまち》に右足をかけた。

すると、磯太郎は辰吉の肩口あたりを押さえ、

「いくら、岡っ引きの手下といっても、これ以上乱暴なことをされると、こっちも黙っちゃいませんよ」

と、声を上げた。

すぐに、昨日の体の大きな男ふたりがやって来た。

「お話を聞けないとなると、何かあるんじゃねえかと疑ってしまいますけど、よろしいんですね」

辰吉は脅した。

磯太郎は隣の男たちに目を遣《や》って、

「おい、引き取ってもらえ」

と言い残して、衝立の奥に下がって行った。

途端に、辰吉の両腕は男たちに摑《つか》まれ、門の外まで連れ出されてしまった。

門はすぐさま閉ざされた。

辰吉は門を叩いたが、

「痛《いて》え目に遭《あ》いてえのか！」

と、横の小さな通用口から大きな男がふたり角材を持って出てきた。

辰吉はひとりでは勝ち目がないことがわかり、悔しいがここは諦《あきら》めることにした。

煙が天井に向かってすーっと立ち込める。辰吉は腕組みをしながら険しい表情をしている忠次に向かって、

「ダメです。会えそうにありません」

と、告げた。

「お前が若いから馬鹿にされているのかもしれねえな」

「あっしはそれが悔しくてなりません」

「よし、今度は俺が行ってみよう」

「でも、あの様子じゃ会ってくれそうにありませんよ。それに、子分も何をしでかすかわかりません。親分の身に何かあったら……」

辰吉は心配そうに言った。

「もし、俺の身に何かあれば、無理やりにでも丸傳から話を聞けるじゃねえか」

忠次は軽く笑う。

「親分、笑いごとじゃありませんぜ。本当に、殺《や》ってもおかしくなさそうな奴《やつ》らですよ」

辰吉は大きな体の男たちを思い出して言った。

「だからと言って、いまはただ殺しがあった少し前に丸傳一家の子分が店の近くをうろうろしていたのと、丸傳の紋が付いた根付が『武蔵屋』に落ちていただけだ。それだけで、しょっ引く訳にもいかねえからな」

忠次はため息をつく。

「そういや、常吉の通夜《つや》は今夜あるんですか？」

辰吉はきいた。

「ああ」

忠次は短く答える。

「じゃあ、通夜で色々聞いて回りましょう」

「それも無駄だろう」

「いえ、他のことです」

「他のこと？」

「おそらく、大勢の親分が来るでしょう。その中には、丸傳とは揉めている連中もいるでしょう。そこで、丸傳とのいざこざを探して、丸傳を捕まえましょうか」

辰吉は気負って言った。

「たしかに、そういう手もあるが……」

忠次はあまり浮かない顔をする。

「よくありませんか？」

辰吉は忠次の顔を覗き込んだ。

「そんな汚ねえ手はあまり使いたくねえんだが……」

忠次は口をすぼめて言う。

「いや、探索に応じない丸傳がいけねえんですから！」

辰吉は押し切ると、忠次も仕方なさそうに認めた。

その日の夜、辰吉は忠次や兄貴分の安太郎《やすたろう》や福助《ふくすけ》たちと一緒に、常吉の通夜へ足を運んだ。大嶋組の家も丸傳一家と同じように大きかった。建物は古く、意外なほどに質素であった。

広間に行くと、常吉は棺桶《かんおけ》に入れられ、その前で僧侶《そうりょ》が読経《どきょう》をしていた。読経が終わり、参列者は隣の部屋に移った。辰吉は忠次たちとは別に行動をした。

江戸中の大勢の親分衆がいる。さすがに親分と言われるだけあって、物腰は柔らかい者たちが多いが、それでもどこか恐ろしさを秘めている。辰吉の知った顔もあるが、殆《ほとん》どは名前は知っていても顔を見たことのない親分ばかりである。

しかし、親分たちの中に、猫背で陰気な五十年輩の男が端の方に座って、酒をちび呑《の》んでいた。噺家《はなしか》の橘家圓馬《たちばなやえんば》である。

辰吉は圓馬に近づき、

「師匠《ししょう》」

と、声をかけた。

「お前さんか。殺しのことを調べに来たのか」

圓馬はいつものように白けた顔で言う。

「そうなんです。師匠は殺された常吉親分とは親しい間柄で?」

「いや、ちょっとな……」

圓馬は誤魔化した。

この男は噺家であるが、その実霊巌島《れいがんじま》の自宅で賭場《とば》を開いている。辰吉もまだ捕り物をする前までは何度も出入りしていた。

そういうこともあって、圓馬が通夜に来ているのは容易に想像できた。

「師匠、丸傳一家の源五っていう男を知っています?」

辰吉は訊ねた。

「源五? 知らねえな」

圓馬は酒を啜《すす》りながら首を傾げ、

「その男が下手人らしいのか」

と、妙に鋭い目つきできいてきた。圓馬はこう見えて、色々と顔が広く、探索で頼りにすることもある。

「いえ、ただ殺しがあった少し前に、『武蔵屋』の近くで見たというもんですから」

辰吉は答えた。

「まあ、普通に考えれば、丸傳一家が殺したんだろうな。大嶋組から分裂して、争っている間に、丸傳一家のシマも、大嶋組のシマも、どちらも他の組に取られた。まったく、もったいないことをしやがるぜ」

圓馬は小馬鹿にするようにぼやいた。

たしかに、ここのところ、大嶋組と丸傳一家のどちらとも勢力が弱まっている。その間に他の勢力が大きくなっているが、その筆頭なのが、本郷《ほんごう》に構える西次郎《にしじろう》一家だ。西次郎は小柄で、顔に皺《しわ》が多く、見た目は猿のようであった。しかし、なかなかの切れ者で、皆一目置いている。殺された常吉とは兄弟《きょうだい》盃《さかずき》を交わしていると聞いている。

辰吉はその西次郎にも話がききたくて、通夜にやって来た。

まだ辰吉が忠次に仕える前、賭場に出入りしているときに、西次郎の縄張りにも顔を出し、その縁で知り合った。賭場を仕切っていた子分が、辰吉を元岡っ引きの辰五郎《たつごろう》の倅《せがれ》ということで、西次郎に紹介したのだった。

西次郎は辰五郎には随分世話になったから、何かあれば力になる、と優しい言葉をかけてくれた。

それから、辰吉は忠次の元で捕り物をするようになり、西次郎とは殆ど会うことはなくなった。

「じゃあ、師匠。また今度」

辰吉はそう言って、圓馬から離れると、辺りを見渡した。

西次郎は他の親分衆とひと通り挨拶をして回っていた。誰もいない頃合《ころあ》いを見計らって西次郎に近づき、

「この度は残念なことで」

と、声をかけた。

「おう、辰吉じゃねえか」

西次郎は複雑な表情で返した。

「親分、お久しぶりでございます」

「いまは忠次親分の手下で、活躍しているそうだな」

「ええ、おかげさまで」

辰吉は軽く頭を下げ、

「殺された常吉親分とは兄弟盃を交わした仲だと聞いていますが」

と、口にした。

「ああ、そうだ。殺されたことが未《いま》だに信じられねえ。常吉は良くも悪くも立派な親分だったぜ。なにせ、三百人いる子分の名前を全員覚えていてな。それだけじゃなく、その家族のことまで気遣えるような奴だ」

西次郎は口惜《くや》しそうに言い、

「あまり大きな声では言えねえが、俺は丸傳一家が殺ったと思っている」

と、声を潜《ひそ》めて答える。

「やっぱり」

辰吉の口から、思わず漏れた。

「お前さんたちもそう思っているんだな」

「ええ……」

「まあ、皆、そう思っているだろうな」

西次郎はそう言いながらも、

「でも、丸傳を恐《こわ》がってあまりそんなことを言う奴らはいねえな」

と、決めつけた。

「どうしてです？」

「そりゃあ、あの丸傳だ。何をされるかわからねえ。喧嘩を売られたらやり返すけど、あいつらに喧嘩を仕掛ける奴らは大嶋組を措《お》いて他にいねえ」

「そうですよね。丸傳一家はかなり狂暴だと聞きました」

「そうだな。あいつは任俠《にんきょう》を名乗っているが、ただの暴れん坊だ。何の理由もなく、気に食わなければ殺す。子分はたった一度の失敗も許されないで殺されるそうだ」

西次郎はため息をついた。

「そんなに酷《ひど》い人なんですか」

辰吉は驚いてきき返した。

「俺が見たわけじゃねえが、話ではそうだ」

「それって、誰からきいたんです？」

「元々、丸傳一家にいて、いまはうちの子分だ」

「その人から話をきいてもいいですか？」

「ああ」

西次郎は少し躊躇《ためら》ったが頷《うなず》いた。それから、あとで本郷の家に来るように言い、その場を離れた。

半刻ほどして、西次郎は大嶋組を後にした。まだ他の親分衆は残っていて、故人を偲《しの》んでいる。

辰吉は忠次に事情を話してから、西次郎の後を追った。

『武蔵屋』からそう離れていないところで追いつき、

「その子分というのはどういう人なんです？」

と、きいた。

「一年くらい前まで、丸傳一家にいた男だ。大嶋組の先代の親分の用心棒をしていた徳三郎《とくさぶろう》って知らねえか？」

「いえ、わかりません」

辰吉は正直に答えた。

「そうか。徳三郎はなかなか腕の立つ男でな、大嶋組が分裂するときには傳兵衛に付いた。本当は傳兵衛が先代から次の親分に指名されていたからな」

西次郎は何気なく言ったが、初耳だった。忠次からも先代から指名されたのは、常吉だと聞いていた。辰吉の聞いている話では、先代が病床に倒れたときに、遺書を作り、そこに常吉に継がせると書かれていたという。

「傳兵衛が指名されたって、どういうことなんです？」

辰吉は追及した。

「お前さんは知らなかったのか？　先代の遺書は常吉が取り換えたんだ」

「でも、西次郎親分は常吉親分とは兄弟盃を交わしているんですよね」

「そうだ」

「じゃあ、先代の意思ではないことを知っていて、常吉親分を認めたというわけでか」

辰吉は確かめた。

「これには訳がある。まず、先代には悪いが、傳兵衛は争いごとしか興味がない男だ。たしかに、丸傳一家の者たちが一番喧嘩が強かったが、あいつは親分になる器じゃねえ。下の者も付いてこないだろう。そしたら、大嶋組が衰退していく一方だ。だから、俺は常吉を押した。あいつは争いを好まないし、全《すべ》て物事を穏便に済ませることが出来る男だからだ」

西次郎は力強く語った。

「でも、徳三郎は本当のことを知っていたんですね」

「そうだ」

「それなのに、どうして、丸傳一家から抜けたんです？」

「元々、常吉が大嶋組の親分になるのが正当じゃねえと思っていたから、丸傳一家に入ったが、やっぱり馬が合わなかったんだ。それで、殺しに失敗したのをきっかけに丸傳一家を抜けた」

「殺しに？　誰を狙《ねら》っていたんです？」

「常吉だ」

「えっ？　常吉親分を……」

辰吉は思わず声を上げた。

「傳兵衛が命じたんだ。というのも、徳三郎を味方につけたものの、意見が合わなくて困っていたらしい。それで、徳三郎が丸傳一家から独立しようとした。それを危険に思って常吉を殺しに行かせたんだろう。常吉が殺されても、徳三郎が失敗して死んでも、どちらにしても傳兵衛にとってよかったんだ。もし、失敗して戻ってきたら、そのことで責任を負わせて殺すつもりだったに違いない」

「なるほど。で、徳三郎は常吉殺しに失敗して、親分のところに逃げてきたわけですね」

「ああ」

「襲われた常吉は復讐《ふくしゅう》しようと思わなかったんですか」

「ああ、むしろ、子分たちが復讐に走らないように、襲われたことを隠していた。知っているのは、代貸の政次郎くらいだろう」

そんな話をしているうちに、ふたりは本郷にやって来た。

西次郎一家は本郷の武家屋敷の外れにある、少し侘《わび》しい庭付きの小さな一軒家であった。大嶋組や丸傳一家とは比べ物にならないくらい地味である。

西次郎はあまり偉ぶることなく、人間畳一枚、一日に米二合あれば暮らしていけると質素倹約を貫いているらしく、賭博で稼いだ金をどこで使っているのかが不思議なくらいだ。

辰吉は客間に通された。

さすがに、ここだけは畳が新しく、高そうな掛け軸がかかっていて、欄間《らんま》も立派なものであった。

しばらくして、顔の大きな片目に傷を負った男が入って来た。

男は徳三郎と名乗ってから、

「ごめんなすって。丸傳一家について聞きたいことがあるそうで？」

と、低い姿勢できいてきた。

「唐突ですが、常吉さんを狙ったことがあるそうですね」

辰吉は切り出した。

「ええ」

徳三郎は短く答えた。

「その時のことを教えてください」

辰吉は頼んだ。

「わかりました」

徳三郎は咳払いをしてから、話し始めた。

「西次郎親分からどこまで話を聞いているか知らねえですが、あっしは丸傳一家の元からの子分じゃなかったんです。大嶋組がふたつに分かれて、先代の親分が傳兵衛を指名したからそっちに付いたんです。でも、傳兵衛は気が短くて、親分になれるような男ではないと後で気付きました。だからといって、常吉には優柔不断なところがあって、あまり好きじゃありませんでしたね。それから……」

徳三郎が続けようとしたが、

「ちょっと待ってください。常吉親分が優柔不断というのは？」

辰吉は話の途中できいた。

「常吉は争いを好まないで、物事を穏便に済ませられる親分のように言われていますが、実はかなりの暴れん坊ですよ。喧嘩もかなり強いですしね。ただ、常吉は政次郎のことを絶対的に信用していて、何でも政次郎の言う通りにしているんです。それで、穏健と見られているだけです」

「なるほど。じゃあ、いまの大嶋組は政次郎が全て取り仕切っているんですか」

「そうです」

徳三郎は頷いた。

「なるほど。すみません、話を止めてしまって」

辰吉はさっきの話の続きを促した。

「それで、ある時、傳兵衛から常吉を殺すように命令されました。断ろうとも思ったんですが、そうすれば裏で常吉と手を組んでいるんじゃないかと文句を付けられて、下手したら殺されかねません。あっしは襲うような卑怯《ひきょう》なことはしたくなかったんですが、仕方なしに引き受けたんです。でも、実際は襲わないで、そのまま逃げようと思ったんですけどね……」

徳三郎はひと呼吸おいてから、さらに続けた。

「でも、あっしの他に丸傳一家の子分がふたり付いてきました。あっしの見張りもあるでしょうが、複数人じゃないと常吉を殺せないと思ったのでしょう。それで、深川《ふかがわ》の八幡《はちまん》さまの境内《けいだい》で襲ったんです。もちろん、あっしは殺しに手を染めたくないので、手加減しました。そしたら、子分ふたりはあっけなくやっつけられちまいましてね。あっしはその隙《すき》に、西次郎一家に逃げてきたんです」

「そうでしたか。丸傳一家が常吉を狙ったのは、その時が初めてなんですかね？」

辰吉はきいた。

「いえ、何度もあったはずです。だから、今回のことだって、丸傳一家の仕業じゃねえかと、あっしは思っていますよ」

徳三郎は当然のように言った。

辰吉は頷き、

「ちなみに、傳兵衛の用心棒で源五という男を知っていますか？」

と、訊ねた。

「ええ、もちろんです。あんなに強い男はいないですよ。もし、丸傳一家で常吉親分を殺せるとしたら、あの男でしょうね」

徳三郎は鋭い目つきで言った。

辰吉はそれを聞いて、源五が殺しに関与しているという疑いがより一層強まった。

三

厳しい寒さと共に、暗い空から雪がしんしんと降っている。大富町《おおとみちょう》の浅蜊河岸《あさりがし》にある薬屋『日野屋《ひのや》』の屋根に積もった雪が、重さに耐えかねて雪崩《なだれ》のように裏庭に滑り落ちる。

正月といえば、寒さの中に春の気配を感じる季節なのに、まったくそんなことは感じられない。さすがに近所の小さい子どもたちはそんなのお構いなしに、雪の中を駆けずり回っているが、『日野屋』の主人、辰五郎は四十代半ばを過ぎたせいか、このような冷え込む日には、古傷が痛む。

辰五郎は七草粥《ななくさがゆ》を食べながら、庭を眺めていた。

「お父《とっ》つあん、今年はどうして、こんなに降るのかしら」

娘の凜《りん》が不思議そうに呟いた。

「去年はあまり降らなかったから、その分、今年は降っているんだろう」

辰五郎はそう答えてから、粥を口に運んだ。

去年は珍しく雪を見ることが少なかった。降っても雨なのかわからないくらいだったし、積もる程ではなかった。だが、今年は年越し、正月と大雪で、翌日は晴れたが積もった雪は解けなかった。三日にもまた雪が降った。四日と五日は曇りであったが、六日の夜から大雪になり、今に至る。

江戸の正月は六日には六日年越しといって、門松を取る。そして、七日は若菜の節句、または七日正月といって、七草粥を食べる習わしになっている。七草粥は「せり、なずな、ごぎょう、はこべら、仏の座、すずな、すずしろ」の七草を入れて、粥を煮たものだ。ただ、粥を炊く前、七日の朝に、恵方に向かってまな板の上に七草を載せ、包丁、火箸《ひばし》、すりこぎ、杓子《しゃくし》などの台所にある七つのもので、「七草なずな唐土《とうど》の鳥が日本の土地へ渡らぬさきに」と唱えながら、まな板を打ち囃《はや》す。これは、ツク（ミミズク）という悪鳥が渡って来るのを追い払うためだそうだ。

「今年は兄さんが来なかったわね」

凜が寂しそうに辰吉のことを言った。辰吉が家出をしていた数年間を除けば、毎年家族で正月を過ごしている。おせちも死んだ母親の分まで作り、昔話に花を咲かせるのが常だった。

「まあ、仕方がねえ。あいつもいい歳になった。今年くらいは好きな女と一緒に過ごさせてやってもいいだろう」

辰五郎は答えた。

三月ほど前、「親父《おやじ》、好きな女がいるんだが、会ってくれねえか」と、辰吉に改まって言われた。

それから数日後、辰吉は凜と同じ年頃の女を実家に連れてきた。辰五郎はおりさの優しい人柄に安心したが、ふと自分が苦労をさせた死んだ女房のことが蘇《よみがえ》った。辰吉とおりさが将来夫婦になって欲しい気もするが、一方で捕り物をしている以上、おりさに迷惑をかけ続けてしまうとも考えた。

「おりささんもうちに呼べばよかったのに……」

凜は不満そうに言った。凜とおりさは気が合うようで、ふたりで出かけることも多々あるようだ。

「おりさが遠慮したのかもしれないな」

「そんな遠慮なんてすることないのに……」

凜は納得いかないのか、首を傾げた。

「まあ、二日には顔を出したからいいじゃないか」

辰五郎は慰めるように言う。

「でも、それから全く来ないでしょう？」

「明日あたりにでも来るんじゃないか」

辰五郎は軽くなだめるように答えた。

ふたりが七草粥を食べ終わり、茶を飲んで寛《くつろ》いでいると、部屋に高助《こうすけ》という前髪が取れたばかりの若い奉公人が入って来た。

「すみません、いま手柄島《てがらじま》親方がいらっしゃいました」

「なに、親方が？」

「ええ、ちょっと旦那さまに相談したいことがあるそうで」

「そうか。じゃあ、客間に通すように。すぐに行くから」

「はい」

高助は素早く、去って行った。

手柄島とは昔から辰五郎と親交のある力士で、いまは手柄島部屋で弟子を五人抱えている。辰五郎の一歳下だ。

現役の時には、身長六尺三寸（約一九一センチメートル）、体重四十九貫（約一八四キログラム）の巨体で、押し出しと、がぶり寄りを得意としていた。だが、腰が高いのが欠点で、そこを突かれると勝てなかった。優勝は五回しているが横綱になれず、大関止まりであったが、仁王のような迫力のある顔と最後まで粘る相撲《すもう》で人気を博していた。

外見の恐ろしさとは裏腹に、心根は優しく繊細な男で、辰五郎が一番好きな力士であった。

客間へ行くと、体の大きな手柄島が遠慮がちに正座して座っていた。

「お前さんがここに来るなんて、珍しいな」

辰五郎はにこやかに言い、手柄島の前に座った。

「辰五郎親分、お久しぶりです」

手柄島は手を畳に突き、頭を下げた。手柄島は昔からの付き合いなので、辰五郎のことをまだ親分と呼ぶ。五年ほど前まで、捕り物をしていた時の名残だ。

「楽にしてくれ」

辰五郎は勧めるが、

「いえ、親分の前ですから」

と、手柄島は足を崩さない。

それからすぐに女中が茶を運んで来ても、辰五郎が「飲んでくれ」と言うまで口を付けなかった。

「この間は観《み》に来ていただいてありがとうございました」

手柄島は礼を言った。

先場所、辰五郎は手柄島に誘われて、辰吉と一緒に千秋楽に観覧した。

その時は、手柄島部屋の大関手柄若《てがらわか》が良い成績を残し、その後部屋での打ち上げにも加わり、たくさん呑み食いさせてもらった。

女は相撲を観覧出来ないが、打ち上げの時には凜も参加した。

「いや、こちらこそ、素晴らしいものをありがとう。それより、話っていうのは？」

辰五郎は礼を言ってから、促した。

「実は弟子の手柄若のことなんです」

手柄島が重たい声で言った。

手柄若とは手柄島所属の大関だ。今年三十歳で、身長五寸六尺（約一七〇センチメートル）で、体重二十五貫（約九四キログラム）と小兵《こひょう》でありながら、平蜘蛛《ひらぐも》と呼ばれる低い姿勢の仕切りから、立ち合いでは相手の回しを取るのが早く、さらに強靱《きょうじん》な足腰で、技の種類も多い。負けるにしても、そう易々《やすやす》と相手に白星を与えず、粘り強さは角界で一番だろう。

相撲の最高位は大関だが、力量を認められ、半年前の先場所で吉田司家《よしだつかさけ》から横綱の称号を貰《もら》い、白麻で編んだ太いしめ縄を締めることが許された。次の場所は横綱になってから初めての本場所となる。

「横綱になったばかりなのに、いきなり引退したいと言い出したんです」

手柄島は重たい口調で言った。

「なに、引退？」

あまりにも意外な言葉に、辰五郎は思わず声が大きくなった。

「昨日のことでございます」

手柄島は弱々しい声を出す。

「手柄若に何があった？」

辰五郎は追及してみたが、

「いえ、特に何があったのかはわからないんです。もしかしたら、横綱になった重みを感じて恐れてしまったのかもしれません」

と、手柄島は首を傾げながら答える。

「それで、お前さんは何て返事したんだ」

「考え直せと言っているのですが、当人はもう決めたことだからと聞く耳を持ちません」

「前から決めていたのか」

「そのようには思えないのですが……。と、いいますのも、先場所横綱になった時には、大そう喜んでいましたし、これで相撲道にさらに精進出来ると意気込んでいましたから」

手柄島は納得いかない様子だ。

それは、辰五郎も同じだった。

辰五郎と手柄若の関係もかれこれ十年となる。そもそも、手柄若という名前を付けたのも、辰五郎であった。

それ以前は、生まれ故郷に因《ちな》んだ成田山《なりたやま》という四股名《しこな》で土俵に上がっていた。四股名を変えたのは入門から五年経《た》った二十歳《はたち》の時で、前相撲から抜け出せないほど弱く、蒟蒻《こんにゃく》力士と揶揄《やゆ》されていた。

手柄島は今日のようにどうしたら良いのか困った様子で辰五郎を訪ねてきて、

「成田山はこれから芽が出ることもなさそうで、周りからは本人のためにも引退させた方がいいと言われているんです。でも、本人は相撲を続けたいという意思があるので、悩んでいまして……」

と、漏らした。

出世しない力士を部屋にずっと置いておくのは、悪い言い方をすればただの荷物なわけである。それを本人が続けたければ続けさせてやりたいと思うあたりは親心なのだろう。

だが、いくら本人が相撲を続けたいと言っても、いつかは引退しなければならない。その後の人生を考えると、相撲をずっとさせておくよりも、早いところ他の仕事をさせてやりたいという考えもよくわかった。

「それで、どうすればいいのか相談しに来たのか？」

辰五郎がきくと、手柄島は否定して、

「いえ、私はあいつに引退させるつもりはありません。何か光るものがあるんです。なので、親分にあいつを強くしてもらいたいんです」

と、言った。

「強くする？」

辰五郎は驚いてきき返した。

「ええ」

手柄島は真面目《まじめ》な顔をして頷いた。

「親方、俺はただの岡っ引きだ。相撲だって好きで観ているだけで、何の心得もねえぞ」

辰五郎は当然断ろうとしたが、

「いえ、親分が捕物で培《つちか》ってきたものは、どんな世界でも通用すると思うんです。相撲は心・技・体です。一番大切なのは心なんです。どうかお願いです」

と、手柄島は頭を深々と下げた。

「しかし……」

「お願いです」

手柄島は頭を下げたまま、さらに頼み込んだ。

情けに弱い辰五郎は断れなかった。

「大して力になれるかわからねえが……」

辰五郎は請け負い、成田山の相撲を観に行った。

成田山はあっけなく負けてしまった。立ち合いで相手とぶつかる前に、尻《しり》もちを突いてしまった。

取組後に辰五郎は成田山の元へ行き、

「お前さん、今日の相撲は残念だったな」

と、声をかけた。

「辰五郎親分、見てなすったんですか」

成田山は今にも泣きそうな声で言った。

「勝てないことが悔しいか？」

「いえ、勝てないことよりも、自分の相撲が取れないことが何よりも悔しくて、やるせないんです」

成田山は心もとない声を出した。

「どうして、自分の相撲が取れないんだ？」

「恐いんです」

「恐い？」

「ええ、立ち合いの時に相手の真剣な目を見ると……」

成田山は顔を下げて答えた。

「そうか。俺もその気持ちはよくわかる。悪党と対峙《たいじ》するときは恐い」

辰五郎は成田山に添うように言った。

「え？　親分のような方でも？」

成田山は驚いたようにきき返す。

「もちろん、今はそんなことはねえが、俺が捕り物を始めた時なんか、恐いがために、なかなか下手人を捕まえられなかった」

「じゃあ、どうやったらこんな立派な親分になれたんです？」

「俺が仕えていた岡っ引きの親分に、『初めから強い奴はいねえ。強いかどうかなんて関係ねえんだ。いかに先手を取るかだ』と言われたんだ。その時気付いたんだ。俺はずっと構えてばかりだったと。それから、いくら身の危険を感じようとも飛び込んでいって、功名を立てられるようになった」

辰五郎は自分の話をしてから、

「もしかしたら、成田山という四股名も変えた方が出世するかもしれねえ」

と考えた。

その後、有名な易者に四股名をみてもらったところ名前のせいで出世しないと言われた。そして、師匠の手柄島に因んで手柄若と辰五郎が名付けた。当人も手柄島も気に入ってくれた。

それから、手柄若は徐々に強くなって、今では横綱だ。

「あいつの相撲好きはよく知っている。急に辞めるのもおかしな話だな。何かあったに違いねえ」

辰五郎は決めつけ、

「よし、これからあいつに会いに行こう。まだお前さんのところにいるのか」

と、訊ねた。

「ええ、もう本場所には出ないつもりですが、可愛《かわい》がっている弟弟子たちの稽古《けいこ》をつけています」

辰五郎はそう聞くと、立ち上がり、手柄島と一緒に部屋を出た。

辰五郎と手柄島が稽古場に入ったとき、土俵の上にずしんと大きな体の男が倒れ込んだ。

投げ飛ばしたのは、小柄な手柄若で、

「腰が高い！」

と、弟弟子を叱咤《しった》している。

土俵の片方に手柄若、もう片方に他の力士たちが列になっている。手柄若も含め、皆土俵の砂が汗で体に引っ付いていて、頭の大銀杏《おおいちょう》が崩れている。

投げ飛ばされた力士は足を庇《かば》いながら起き上がり、列の後ろに並んだ。

続いて、また他の力士が手柄若に突っ込んで行くが、正面から受けた手柄若に回しを取られ、簡単に投げ飛ばされた。

手柄若の引き締まった体に、無数の汗が滲んでいるのが遠目からでもわかった。

切りが良さそうなところで、

「手柄若、ちょっと来てくれ」

と、師匠の手柄島が声をかけた。

その時に、手柄若はようやく、辰五郎が来ていることに気が付いたようで、驚いたような顔をしながら、

「どうしたんですか」

と、近づいてきた。

他の力士たちは黙ってこちらを向いている。

「おい、お前たちは稽古の続きだ。誰か手柄若が戻るまで、代わりをしておけ」

手柄島は指示を出し、力士たちはそれに従った。

「お前さんが辞めるっていうんで来てみたんだ」

辰五郎から切り出した。

「親分、ご無沙汰《ぶさた》しています。もうあっしの相撲の道に幕を閉じようかと」

手柄若は目を瞑《つぶ》って答えた。隣にいた手柄島は「頼みます」と目で訴えて、その場を離れて行った。

「どうしてだ」

辰五郎は静かにきいた。

「横綱になって思ったんです。あっしがこれ以上活躍できるはずはないと」

「でも、先場所は良い成績を残したじゃないか」

「もう三十を過ぎると、力士は急に衰えがくるんです」

「今の稽古風景を観ていると、そのようには思えねえけどな」

「稽古と本番は違います」

手柄若は首を横に振る。

「今度の場所は出てみて、自分の思うような相撲が取れなかったら引退を考えてみればいいじゃねえか」

辰五郎は打診したが、

「いいえ、みっともない相撲を皆さまにお見せ出来ませんから」

と、手柄若は取り合わない。

「でも、周りは続けて欲しいと思っている。それに、お前さんの相撲を楽しみに待っている者たちもたくさんいるんだぞ。俺もそのうちのひとりだ」

辰五郎は情に訴えた。だが、手柄若の表情は変わらない。

「申し訳ないですが、もう決めたことですから」

手柄若は一蹴して、

「そろそろ稽古に戻ります。親分、心配なすってくれてありがとうございます」

と、土俵に戻って行った。

辰五郎は何があったかわからないが、そう簡単に説得出来ないと感じた。

四

ようやく自宅の灯《あか》りが見えた。

夕方になり、雪は止んだが、北風が強く、襟元に吹き込んだ寒気から体がぶるぶると震えていた。

辰五郎は寒さから逃げるように家に入り込むと、三味線《しゃみせん》の音が聞こえてきた。

凜が新年会の出し物の稽古をしているのだろう。凜の三味線の師匠は通油町の杵屋《きねや》小鈴《こすず》だ。まだ辰五郎が現役の時に、手下として働いていた忠次の隣に住んでいる。その忠次は辰五郎が引退してから後を引き継いで岡っ引きとなり、少し前から倅の辰吉が手下として世話になっている。

居間へ向かうと、案の定、凜が長唄《ながうた》を弾いていた。

辰五郎は腰を下ろして聴き入っていると、切りのよいところで凜が手を止めた。

「お父つあんお帰りなさい。どこへ行っていたの？」

「手柄島部屋だ。横綱がいきなり引退すると言い出したもんだから……」

辰五郎はことのあらましを凜に語った。

「手柄若さんに何があったんだろう」

凜は顎《あご》に手を遣り、

「もしかしたら、女のことで引退せざるを得ない事情があるとか？」

と、口にした。

「女のこと？」

「だって、あんないい人なんだもの。将来を誓い合った女がいるのかもしれないなと思って。もしかしたら、何かの事情で相撲かその女のどちらかを取らないといけない選択を迫られて。結局、相撲を捨てることにしたとか」

凜は冗談とも真面目とも取れる曖昧《あいまい》な表情で話した。

「お前は芝居とか浮世《うきよ》草子《ぞうし》の見すぎだ」

辰五郎は受け流すように言う。

「でもね、この間、稽古のあと忘れ物を取りに小鈴師匠のお宅に戻ったら、手柄若さんが訪ねて来ていたの。師匠は大したことじゃないって言っていたんだけど」

「何か用があったんじゃないか？」

「でも、力士と長唄の師匠があまり関《かか》わりのあるように思えないけど。今まで手柄若さんが訪ねてきたことなんてなかったから」

「力士はひいき筋との付き合いもある。その座敷に小鈴が三味線で呼ばれて知り合うこともあるだろう」

「でも、わざわざお家《うち》まで来るかしら？　何かあるんじゃないかってその時に思ったんだけど」

凜は疑った。

「小鈴と手柄若か。でもな……」

辰五郎は腕を組みながら首を捻《ひね》った。

小鈴は美人だが芸一筋に生きる三味線弾きの鑑《かがみ》のような女で、そういう真面目な性格だからこそ、親たちは安心して娘を小鈴の元に通わせる。辰五郎が凜を小鈴の元に通わせたのも、そういう理由だ。

下心を持って習いに来る男の弟子も数多《あまた》いたが、大抵は辞めていく。

「あの人だったら、小鈴師匠にだって不足ないでしょう？」

「そうだが、男嫌いで通っている小鈴師匠のことだ」

「男女の仲はわからないわよ」

凜がわかったような言い方をする。

まだ、子どもだと思っていたのに、親に向かって急に女っぽいことを言ってくる。

顔や声や言うこと、全てが死んだ女房にそっくりだ。

辰五郎は思わず笑みがこぼれた。

「なによ、人が真剣に話しているのに」

凜がぶすっとした。

「いや、すまねえ。あいつにそっくりだと思って。そういや、お前は好きな男がいるのか？　まるで、恋の道を知っているかのように話していたけど」

「いるわけないでしょう」

凜は少し顔を赤らめた。

年頃だから、そういう相手がいてもおかしくない。辰吉にだって、将来のことを考えている相手がいたくらいだ。いつまでも、子どもではないのだ。

「まあ、今度師匠に会ったら、手柄若のことをきいてみよう」

辰五郎は独り言のように呟いた。

「それはよした方がいいんじゃない？　もし、ふたりが本当に良い仲だとしたら……」

「そんなことないと思うけどな。それに、もしそうだとしても、手柄若にはまだこれからも土俵に立ってもらいたいと親方が言っているんだ。その原因が師匠だとしたら、師匠からも話を聞かないといけねえ」

「でも、手柄若さんの気持ちはどうなるの？　引退したいって言っているんだから、どんな理由であれ、望む通りにしてあげるのが普通じゃないかしら」

「いや、それは違う。親方は口にしなかったが、新横綱になってすぐに辞めたら、吉田司家は怒るだろう。それに、親方の面子《めんつ》も潰《つぶ》れるし、ひいき筋だって肩透かしを喰《く》らう。なにより、手柄若の相撲を楽しみにしている客たちのことも考えないといけねえ」

辰五郎は言い聞かせた。

「じゃあ、本人の気持ちは二の次でいいの？」

「仕方がねえ」

「……」

凛は明らかに納得できないようで冷たい目をしている。

「やっぱり、お父つあんは変わっていないのね……」

凛は少し寂しそうに呟き、三味線を持って居間を後にした。

翌日の朝、『日野屋』の店の前で辰五郎が奉公人たちと一緒に雪かきをしていると、風呂敷《ふろしき》を手に持った小鈴の姿が見えた。

「師匠、どうしたんだい」

辰五郎がきくと、

「いえね、今夜急遽《きゆうきよ》お座敷の予約が重なっていて、私が行くことが出来ないんです。凛ちゃんに代わりに出てもらえないかって思ったんですよ」

小鈴が答える。

「そんなことなら、辰吉を使いにやればよかったのに」

倅の名前を出した。いつも、小鈴の用事などを辰吉が代わりにすることもある。特に、辰五郎や凛への言付けなど、直接出向くまでもないことであれば、辰吉の方から進んで願い出るそうだ。

「私の不手際で凛ちゃんにお願いするのに、そんなことで使い走りにするのは悪いじゃないですかえ」

「いや、あいつは師匠の頼みなら、すぐ飛んできますよ」

「いつも色々と手を貸してもらっているからね。久しぶりに親分とも話したかったし」

小鈴は、にこっと笑った。

「嬉《うれ》しいこと言ってくれるな」

辰五郎も笑顔で返して、

「凜は奥の部屋にいると思うぜ」

と、一緒に店の中に入り、奥の部屋まで行った。相変わらず凜は三味線の稽古をしていた。

小鈴は凜の前に正座した。辰五郎も横に腰を下ろした。

「師匠、どうしたんですか」

凜は手を止め、驚いたようにきいた。

「実は呼ばれたお座敷に私が行けなくなっちまったんで、お凜ちゃんに代わりに行ってもらえないかと思ってね」

「私がですか？　師匠もいないんですよね？」

凜は急に不安そうな顔つきになった。

「ああ、申し訳ないけど、ひとりで行ってもらいたいんだ。河岸の若い衆の寄合だから、祝儀もたんと弾むと思うけど」

小鈴は心苦しそうに説得した。

「今までひとりで弾くことはなかったんで心配です」

「小唄《こうた》や端唄《はうた》、あとは都都逸《どどいつ》だろうから、そう気張らなくっても平気よ。まあ、無理にとは言わないけど」

辰五郎は困った小鈴の顔を見て、

「凜、行ってみたらどうだ？　いい経験になるぞ」

と、つい口を挟んだ。

「……」

凜はしばらく考え込んでから、

「師匠、じゃあやらせて頂きます」

と、小鈴に向かって軽く頭を下げた。

「ありがとう、助かるわ」

小鈴は、ほっとしたように笑みを浮かべると、「じゃあ」と言って腰を浮かした。

「師匠、せっかく来たんですから、お茶でも飲んで行ってください」

凜が声をかけた。

「そうだ。この間、お客さまに貰った菓子折りがあるんだ。それも食べていってくれ」

辰五郎がそう言うと、

「そうかえ。悪いね」

小鈴は再び座り直した。

「じゃあ、すぐにお茶を持ってきますね」

凜が立ち上がって、居間を出た。

辰五郎は煙管を取り出し、

「そういや、師匠にきいてみたいことがあったんだ」

と、莨を詰めながら切り出した。

「何でしょう？」

小鈴がきき返す。

「いや、大したことじゃねえが、師匠は恋をしねえのかと思ってな」

辰五郎は火鉢に莨を近づけた。

煙管から天井に向かって、細い煙が立ち上っていく。

「ふふ、親分、どうしたんです」

小鈴は予想外のことだったのか笑いを漏らした。

「これだけ男の噂を聞かねえんで、どうなのかと思って。師匠は美人だし、放っておかないだろう。別に変な意味で言っているわけではねえけど」

「長い付き合いですから、私の性格はわかっていますでしょう？　男嫌いで有名ですし」

「だとしても、お前さんも女だ。しかも相当な美人だ」

「止《よ》してくださいよ。面と向かってそんなことを言われたら、照れるじゃないですか」

「そんなお前さんが、一度も惚《ほ》れたことがねえなんてことはありえるのか？」

辰五郎がそうきいたとき、凜が盆に茶と菓子を載せて戻ってきた。

「お父つあん、師匠に変なこと聞かないでよね」

凜がきつい目つきで注意してきた。

「何があったんです？」

小鈴が辰五郎と凜を交互に見ながらきいた。

「どこから話せばいいかわからねえが、手柄若が引退するっていうんだ」

「えっ、手柄若さんが？」

小鈴は驚いたようにきき返した。

「親方は引退を考え直して欲しいんだ」

「そりゃ、横綱になったばかしですもんね。でも、どうして引退なんて？」

「あいつが言うには、力が落ちたからって。でも、本場所を目前にして、まさかそんなことはねえと、親方が俺に相談に来たんだ」

「ああ、なるほど。親分が手柄若さんの名づけ親ですもんね」

「師匠詳しいな」

「ええ、本人から聞きました」

小鈴は平然と言う。

辰五郎は凜と見合わせると、

「もしや、それで私と手柄若さんが深い仲だと思っているのかい？」

小鈴は目を丸くしてきく。

「凜がお前さんの家に手柄若が来るのを見たっていうんだ。俺はまさか、お前さんとあいつが出来ているとは思わねえが、とりあえずきいてみようと思ったんだ」

辰五郎はそう言ってから、

「手柄若とは関係がないのか」

と、改まった声で訊ねた。

「ないですよ。あのひとのひいき筋が『鳥羽屋《とばや》』の三代目なんです。今度、金沢《かなざわ》にも店を出すって言うんで、お祝いの席も催したいって相談に来たんですよ」

小鈴が笑いながら説明した。

『鳥羽屋』の三代目とは、神田《かんだ》紺屋町《こんやちょう》一丁目にある染物問屋の清吉《せいきち》である。二年前に、派手好きで遊び人でもあった父を失《な》くして、二十歳で家業を継いだが、手腕を振るって、『鳥羽屋』をますます繁盛させた。辰五郎は先代とは顔見知りであったが、清吉とは会ったことがない。

「三代目は昔から私の三味線が好きでしてね。しょっちゅう私を呼ぶんです。それに、三代目は横綱をよく連れて歩いているものだから、よくかち合うんですよ。横綱と話すにしたって三代目の話ばかりで、到底そんな関係にはなりません」

小鈴は首を横に振った。

「そういうことか。まあ、お前さんが、手柄若と何かあるとは思えなかったんだ」

辰五郎は小鈴が嘘をついているのではないと素直に考えた。

「師匠、もし近々あいつに会うことがあれば、なぜ引退なんかするのかきいてみてくれねえか」

辰五郎は頼んだ。

「親分に本当のことを言わないんであれば、私にだって誤魔化すに決まっていますよ」

小鈴はそう言いながらも、

「とりあえず、今度きいてみますよ」

と、答えた。

辰五郎は何となく小鈴の様子に腑《ふ》に落ちないところがあった。ともかく、小鈴の返事を待とうと思った。

五

空が暗くなってきた。雪は小雨に変わってきた。肌を突き刺すような寒さの中、辰吉は日本橋田所町《たどころちょう》にある鰻屋《うなぎや》『川萬《かわまん》』の店の前までやって来た。タレの香ばしいにおいが漂ってきた。今日は雪だったから、客はいないだろうと思っていたが、中から楽しそうな笑い声が聞こえて来る。

『川萬』はその日の客の入りにもよるらしいが、六つ半（午後七時）には店を閉める。もうすぐ六つ半になるというのに、この様子だとしばらくかかるかもしれないと思った。

だが、すぐに店から顔に若干の幼さは残っているものの、目鼻立ちの整った綺麗《きれい》な十代後半の女が出てきた。

「おりさちゃん、体の調子はどうだ」

辰吉は心配そうにきいた。

おりさはこの店の女中として働いている。昨日、会ったときに咳込《せきこ》んでおり、熱っぽかった。だが、一日寝れば治るからと、おりさは別れ際に言い、今日もまた会う約束をしていた。

「今日の昼間は雪でお客はあまり来なかったから、番頭さんが気を遣ってくれて、休ませてくれたの。だから、大分元気になってきたわ」

おりさが笑顔で言う。

「ならよかったけど、無理するなよ」

辰吉は軽く注意した。

「もう平気よ。でも、いまお客さんがいっぱい来ていて、店を閉めるまでまだかかりそうなの」

「雪なのに、さすがだな」

「たまたまよ。そういえば、辰吉さんはお相撲好きよね？」

「好きだけど、どうして？」

「いま二階の座敷に力士がいるの」

「誰なんだ」

辰吉は身を乗り出すようにきいた。

「えーと、手柄若とか言っていたわ」

「手柄若だと？」

辰吉は驚いて声を上げた。

「知っているの？」

おりさが首を傾げる。

「当たりめえだ。横綱だぞ」

「えっ！　そんなすごい方だったんだ。あまり偉ぶるところがないから、てっきり、もっと下の方の番付の力士かと……」

「そこが手柄若の器量の大きさだ。まあ、師匠の手柄島親方もかなり謙虚な方だから、その教えだろうな」

「横綱っていうことは、かなり強いのね」

「ああ、強いのなんのって。技のある力士さ。手柄若の師匠の手柄島親方はうちの親父とも仲が良いから、先場所も打ち上げで会ったよ」

「へえ、そうなのね。やっぱり、辰五郎親分って顔が広いのね」

おりさが感心するように言った。

「手柄若は誰と一緒なんだ？」

辰吉はきいた。

「『鳥羽屋』の旦那よ」

「そうか。ひいき筋だもんな」

辰吉は呟いた。先場所の打ち上げの時に鳥羽屋清吉を見かけたことがある。清吉は羽振りがいいのに、腰は低く、横柄な態度を取らない。辰吉と同じくらいの歳なのに、さすが大店《おおだな》の旦那というようなしっかりとした考えの男であった。

「旦那たちがまだ残っているから、もう少しかかりそうなの。よかったら、中で待っていて」

「そうか、じゃあ失礼するよ」

辰吉はそう言い、『川萬』に入った。

一階には客は誰もいなかった。

辰吉は手柄若とは面識もあるし、清吉だって全く知らないわけではない。だから、ちょっと挨拶をしてみようと思った。

おりさに訳を話して、二階へ上がった。

一番奥の部屋の前で、

「えー、横綱のお座敷でございますか」

と、声をかけた。

「どちらさまで？」

中から太い声が返ってくる。

「通油町の忠次親分の手下で辰吉といいます」

辰吉はそう言って、襖《ふすま》を開けた。

手柄若と清吉が向かい合わせに座っていて、ふたりとも顔を辰吉に向けていた。

「まあ、入ってください」

清吉が丁寧な言葉遣いで辰吉を招き、

「もしかして、あなたも横綱を説得しに？」

と、きいてきた。

「説得？　なんのことです？」

辰吉は見当がつかず、首を傾げる。

「違うんですか。てっきり、親方に頼まれて来たのかと……」

清吉が猪口《ちょこ》を口に持って行きながら、苦笑いした。

「どういうことですか？」

辰吉は気になってきいた。

清吉は答え難《にく》そうな顔をして、手柄若を見た。

「辰五郎親分からどうせ聞くことになるでしょうから、別に構いません」

手柄若は暗い顔をして答える。

何かただならぬ重たい空気を感じた。

清吉は咳払いをしてから、

「実は、横綱が急に引退したいと言い出しまして」

と、言った。

「引退？　またどうして？」

「もう体力の限界を感じているんです」

手柄若が沈んだ声で答える。

「でも、横綱になったばかりじゃありませんか」

「皆さんにそう言われますが、もう決めたことですので」

手柄若はそう言うと口を堅く結んで、それ以上話そうとしなかった。

「それで、私は横綱に引退を考えなおして欲しいと粘っているのですが……。それどころか、横綱は江戸を離れるって言うんです」

「江戸を離れてどこへ？」

「まだ決めていませんが、西の方へ行きます」

「そこで相撲を取るんですか？」

「いや、もう相撲はきっぱり諦めて、畑でも耕して……」

手柄若はどこか遠い目をして言った。

清吉はため息をついて、困ったように頭を掻《か》いている。

「旦那、わがまま言って申し訳ないですが、私はそろそろ。他に挨拶に回らないといけないところがありますんで」

手柄若が清吉に訴えた。

「そうですか。もう考えを変えてもらえないってことですね」

清吉が咎《とが》めるような声で確かめる。

「ええ」

手柄若は静かに頷いた。

「もういくら言っても仕方ありませんね。でも、横綱には失望しましたよ」

清吉が冷たく言い放つ。

「……」

手柄若は何も答えず、じっと清吉の目を見ていたが、やがて頭を下げて立ち上がり、部屋を出て行った。

清吉は酒をぐっと呑んだ。

「横綱、死ぬつもりじゃないでしょうね」

辰吉は言った。

「えっ？」

清吉が驚いたようにきき返す。

「いえ、何かわかりませんが、あの様子は普通じゃありませんよ。あっしは以前に、これから死のうとしている男を説得したことがあるんですが、その時もさっきの横綱のようなどこか遠いところを見るような目をしていたんです」

「えっ、まさか……」

清吉は首を傾げた。

「横綱を探しに行きましょうか？」

辰吉は腰を浮かした。

「いや、まさか死ぬわけはないでしょう。横綱のことは私がよく知っています」

清吉は苦い顔をしながら答えた。

「そうですか。私はここらで失礼します」

辰吉は清吉に断って、部屋を出た。

階下にはおりさが心配そうな顔をして待っていた。

「辰吉さん、どうしたの？」

「これからちょっと横綱を探しにいかなきゃならねえんだ。すまねえな」

「ちょっと、待って。どういうこと？」

「また今度話す」

辰吉は「ちょっと待って」というおりさを振り払うように、店を飛び出した。

「横綱、ちょっと待ってください」

店から少し離れたところで、辰吉は手柄若に追いついた。

「どうしたんです？」

手柄若は相変わらず暗い表情できいた。

「『鳥羽屋』の旦那にあんなことを言って大丈夫なんですか？」

「申し訳ないとは思いますが、もう引退を取り消すことは出来ないんで」

「本当に力が衰えたからなんですか？　あっしには、何か他に訳があるように思えますが」

辰吉は正直に言った。

「いえ、他に訳なんぞありません」

手柄若は否定する。

辰吉は次の言葉に詰まりながらも、

「横綱、命を落とすようなことはなさらないでくださいよ」

と、辰吉は真剣に告げた。

それから、手柄若は返事をすることもなく、前を向いて歩き出した。辰吉は寂しそうな手柄若の背中を見つめながら胸騒ぎが止まらなかった。

第二章　対立

一

北風が葉の落ちた木を揺らしながら通り過ぎて行った。鉛色の空に、細雪《ささめゆき》が舞いはじめた。

辰吉はかじかんだ手をぎゅっと握りしめ、日本橋箔屋町の大嶋組にやって来た。高い黒塀で囲まれた広い敷地の門をくぐり、庭を通って土間に入った。

「ごめんください。通油町の辰吉でございます。政次郎さんへ、政次郎さんへ」

辰吉は声を上げた。

すると廊下の奥から顔に向う傷のある子分が出てきて、奥の十畳間に通してくれた。

大嶋組は丸傳一家と違って、捕り物に対する礼儀をわきまえている。やくざといえども、常吉が方々から慕われている理由がわかる。

床の間には白梅が生けてあり、掛け軸には鶯《うぐいす》が飛んでいる絵が描《か》かれていた。

「すぐに呼んでまいります」

子分は顔に似合わず、低い腰でそう言って部屋を出てから、手あぶりを持って来て、

「では」と辰吉の前に置いて去った。

辰吉は手あぶりに手をかざし、温まった。

「政次郎です」

そう長い事かからないうちに、政次郎が入って来た。

この間、殺しの直後に『武蔵屋』に駆け付けたときとは比べ物にならないくらい、
落ち着いた顔をしている。

政次郎は火鉢を挟んで、辰吉の正面に腰を下ろし、

「お足を運ばせて恐れ入ります。まだ下手人の手掛かりはありませんか」

と、どこか暗い目つきできいた。

「ええ、なんせ元日で、さらにあの雪でしたから、誰《だれ》も見ている者がいないんでございます」

丸傳一家の用心棒の源五が怪しいと口にしそうになったが、こんなことを言えば、
争いの火種になるかもしれないので控えた。

「そうですか。あっしらに手伝えることがあれば、何なりと」

政次郎が軽く頭をさげた。

その姿は一枚絵にもなりそうなくらい格好が付いていて、男ながらに見惚《みと》れるほどだ。まだ若いがもうすでに大嶋組の親分といってもおかしくないほど、風格が備わっている。

「政次郎さんにも下手人について、何か心当たりがないかと思いまして」

辰吉は切り出した。

「いえ、あっしにはわかりません。親分が恨まれるようなことはないですから」

政次郎は首を横に振り、煙管《きせる》を取り出した。長火鉢で火を点《つ》けると、太い煙がゆらゆらと漂った。

「でも、丸傳一家とは揉《も》めていたそうですね」

辰吉は確かめた。

「え、ええ……」

政次郎は躊躇《ためら》うように頷《うなず》く。

「常吉親分は丸傳一家に何度も襲われたそうですね」

辰吉はさらにきいた。

「……」

政次郎は大きくため息をつきながら、

「それをどこで?」

と、きき返してきた。

「まあ、色々と」

辰吉は濁した。

「何度かありましたが、いずれも親分は怪我《けが》すらしていません。でも、そのことは口にしないように言われていました。もし襲われたことを子分たちが知ったら、仕返しをして、大嶋組と丸傳一家が全面から争うことになりますからね」

政次郎は落ち着いた声で言う。

「常吉親分が……」

辰吉は呟《つぶや》いた。

先日、本郷の西次郎一家に身を寄せている徳三郎から聞いた話では、常吉は争いを好むが、政次郎がそれを抑えているという。徳三郎の話が本当だとしたら、口止めをしたのは政次郎に違いない。

「常吉親分は争いを好まなかったんですか?」

辰吉は探るようにきいた。

「ええ、当然ですよ」

政次郎は大きく頷いた。

「そうですか。以前に常吉親分が襲われたときの様子を教えてください」

辰吉は念のためきいてみた。

「えーと、何度もありますが、あっしが見ていたのは二度ですかね。一度目はあっしと深川の八幡さまで待ち合わせした時です。親分はいつも用心棒を付けないんで、ひとりでいらしていたのですが、少し離れたところで、いきなり匕首《あいくち》を持った三人組の男が襲いまして。あっしは急いで駆けつけたんですが、それよりも早く親分はいとも簡単にそいつらを蹴散《けち》らしましたね」

徳三郎が言っていたことだろう。政次郎はさらに続けた。

「あと、もう一度は親分が屋敷から出た瞬間です。その時は四人組が襲って来ましたね。親分は怪我さえしませんでしたがね」

「そうですか」

辰吉は頷きながら、ふと疑問に思った。

今までは複数人で襲ってきたが、今回の殺しは下手人はひとりだ。もし、丸傳一家が殺したとなれば、今まで散々失敗しているのに、どうして今回はひとりだけで行かせたのだろう。

辰吉が顎《あご》に手を遣《や》りながら考え込んでいると、

「おそらく、忠次親分はあっしらが復讐《ふくしゅう》に出ないか心配しているんでしょうが、それには及びません」

政次郎が真っすぐな目を向けた。

「復讐する気はないってことで？」

辰吉は確かめた。

「まだ丸傳の仕業と決まったわけじゃありませんからね」

「でも、仮に丸傳の仕業だとわかったら、他の子分たちは黙っちゃいないのでは？」

「その場合は、あっしが相手にちゃんと落とし前をつけてもらうから、手出しはしねえように言い付けています」

政次郎が低い声で返した。

「だけど、子分がそれに背くってことも考えられるんじゃ？」

「そしたら、破門にすると言い付けています。あっしらの世界で破門にされたら、もうどこでも生きていけません。お縄に掛かるよりも、大変なことなんです」

政次郎は力を込めて言った。

「なるほど」

辰吉は頷いてから、

「ところで、源五という男をご存知で？」

と、確かめた。

「源五というと、あの用心棒の？」

「そうです」

「知っていますよ。まさか、源五が下手人だと？」

政次郎はきき返した。

「いえ、そういうわけじゃないんですが、殺しの少し前に、『武蔵屋』の近くで源五を見たという者がいるんです」

辰吉はそれだけ伝え、丸傳の紋が付いている根付《ねつけ》が出てきたことは言わなかった。

政次郎は眉間《みけん》に皺《しわ》を寄せて考えながら、

「いや、源五が殺したというのは考えられませんね」

と、一蹴《いっしゅう》した。

「えっ？」

辰吉は思わぬ答えに、つい声が大きくなった。

「あいつではないでしょう」

政次郎はもう一度言った。

「どうしてです?」

辰吉は不思議に思ってきく。

「たしかに、源五は強いですが、うちの親分の方が強いですよ。それに、一対一で親分に勝てるのは相当な腕前です」

「でも、常吉親分が酒を呑《の》んでいて、腕が鈍ったということは?」

「いえ、親分はむしろ酒を呑んだ方が強いですから」

政次郎は言い張る。

「じゃあ、常吉親分を殺せる力がある者はいますか?」

「さあ、私が知る限りいません。今まで何度も腕の立つものが親分を狙《ねら》って来ましたが、皆やられているんですよ。たとえば、先代の用心棒だった徳三郎っていう奴《やつ》もそうですしね」

政次郎は灰吹きに煙管を軽く叩《たた》きつけて、灰を落とす。

徳三郎は源五しか倒せないと言い、政次郎は源五では倒せないと言う。

どちらの言うことが正しいのだろうか。

そもそも、源五を下手人として決めつけるのはまだ早いのだろうか。

殺しの少し前に源五が『武蔵屋』の近くで見られていたし、店には丸傳の紋が描かれた根付が落ちていた。それに、丸傳一家は源五に会わせようとしない。これを考えると、源五が怪しい。

だが、政次郎の話を聞いて、源五が下手人という考えはまだあるものの、少し揺らいだ。

辰吉は混乱しながら大嶋組を後にして、東緑河岸の料理茶屋『武蔵屋』を訪れた。

土間に入ると、すぐ近くにいた番頭が寄って来て、

「辰吉さん、下手人のこと何かわかりましたか」

と、きいてきた。

「いえ、それが誰も見たものがいねえというんで、弱っているんです」

辰吉は顔をしかめた。

「そうですか。手前どもも、あの殺しから全くお客さまがお越しにならないで……。元々約束のあった方々でさえ、皆さん取りやめてしまいました」

番頭は深くため息をついた。

それから、すぐに気を取り直したようにシャキッとして、

「愚痴をこぼして、すみません。ところで、今日はどんなご用件で？」

と、言った。

「番頭さんが殺しの前に見たという丸傳一家の源五という男のことです。その前に常吉がやって来たときのことから詳しく教えてください」

辰吉は頼んだ。

「わかりました」

番頭は頷いてから、

「そもそも、正月は店を開けるつもりではなかったのですが、常吉親分が急に訪ねてきて、開けて欲しいとのことで」

「急にですか。なんででしょうね」

「もしかしたら、家にいたくなかったのかもしれません。近ごろおかみさんとうまくいっていなかったようなことを漏らしていましたし、珍しくお酒を召し上がっていたので」

「珍しく？」

辰吉はきき返す。

「ええ、親分は普段お酒を召し上がりません。酒は嫌いじゃないそうですが、若い頃《ころ》に酒で失敗したそうで、それから滅多に呑まなくなったと言っていました」

　番頭はそう言ってから、さらに続けた。

「それで、親分が好きな伏見《ふしみ》の酒が店に置いていなかったのですが、正月だからどこも酒屋が開いていないとは思いましたが、贔屓《ひいき》にしているところに無理を言って、譲ってもらったんです。ちょうど、その帰りに店から数歩のところで丸傳の用心棒を見かけたんです」

　番頭は淡々と答える。

「源五はひとりでしたか」

　辰吉はきいた。

「はい」

「何をしていたんでしょう？」

「さあ。誰か待っていたような感じでしたね」

「誰かを待っている？」

　辰吉は首を傾《かし》げた。

「ええ。でも、私は早く酒を親分に届けなきゃと思っていましたし、一瞬見ただけですので、もしかしたら、違うことだったのかもしれませんが……」

番頭は曖昧《あいまい》に首を傾げる。

その時、「失礼します」と廊下の奥から見覚えのある女中がやって来た。この間、笠《かさ》を被《かぶ》った下手人を取り次いだお隈だ。

「どうした？」

番頭がお隈にきいた。

「下手人のことで、ちょっと思い出したことがあるんです」

お隈は辰吉に顔を向けて言った。

「どんなことだ？」

辰吉はすかさずきいた。

「右の小指だけがピンと立っていました」

お隈は真似《まね》して見せた。

「なるほどな」

源五の小指を確かめてみよう。ただ、その源五に会えるかどうか。

辰吉は番頭とお隈に礼を言って、『武蔵屋』を後にして外に出た。

もう雪は止《や》んでいた。忠次のところへ行ってみようと思ったが、まだ帰っていないかもしれないと思い、実家へ足を向けて歩き出した。

二

八つ（午後二時）の鐘が聞こえた。

強い風のせいで、鐘の音に触りが付いて響いている。

今日は薬を買いに来る客が多かった。皆、厳しい寒さのせいか、体調を崩している
ひとが多いようだ。

辰五郎は血の巡りをよくする薬と、体の中に溜《た》まった余分な水分を取り除く薬を調
合して出すようにした。

客足が途絶えて、居間に戻ると、倅《せがれ》の辰吉があぐらをかいて長火鉢の前に座ってい
た。

「なんだ、来ていたのか」

辰五郎が声をかけ、正面に腰を下ろすと、

「親父《おやじ》、手柄若が引退するんだってな」

辰吉が重たい口調で言った。

「どうして、それを？」

手柄島はまだ世間に公表をしていないと言っていたので、辰吉が知っていることに驚いた。

「昨日、たまたま『川萬』に、手柄若と『鳥羽屋』の旦那《だんな》が来ていて話を聞いたんだ。どうやら、俺《おれ》も説得しに来たんだと勘違いしていたようだ」

辰吉が話した。

「そうか。実は手柄島親方からそのことで相談されていたんだ。手柄若が辞めるのには、体力の限界という訳の他にも何かあるような気がする」

「俺もそう思った。何だか、手柄若がこれから川にでも飛び込みそうな顔をしていた」

「なに？」

「まあ、手柄若が死んだということは聞いていないから、俺の早とちりだったんだろうけど」

辰吉は冗談交じりに言ったが、

「でも、あれは只事《ただごと》じゃねえ」

とすぐに真顔になった。

辰五郎も手柄島が相談に来てから、色々と手柄若について、引退しなければならない理由を探ってみたが、誰も思い当たる節がないと答えるばかりであった。さらに、店のことなどで忙しく、まだ本腰を入れて調べることも出来ていなかった。

「小鈴師匠も聞いてみるそうだ」

辰五郎は言った。

「師匠が？　手柄若と親しいのか？」

辰吉がきいた。

「『鳥羽屋』の旦那が師匠《ししょう》の三味線《しゃみせん》が好きで、よく座敷に呼んでいるらしい。そこに手柄若も来るもんだから、よく会うそうなんだ」

「でも、師匠が聞いたところで話してくれねえだろうな」

「まあな。凜は師匠と手柄若が深い仲じゃねえかと疑っていたな」

「まさか、男嫌いの師匠が……」

辰吉は一瞬考えるような顔をしたが、すぐに「それはねえだろう」と首を傾げた。

それから続けて、

「手柄若という名前を付けたのは親父だから、あの力士には思い入れもあるだろう」

と、きいた。

「そうだな。あんないい力士を引退させるのはもったいない。皆、新横綱の相撲《すもう》を楽しみにしているんだ。どうしても、引退を考え直して欲しいんだけどな」

辰五郎は感慨深く言った。

「俺だって同じだ」

辰吉は頷く。

「そしたら、凜が俺を責めていた。人のことを考えていないところは、昔とちっとも変わってねえって」

辰五郎は自身を責めるように言った。

「ったく、凜はわかっていねえな。引退して欲しくないのは当たり前のことだ！」

辰吉は憤慨するように答える。

女房が死んだとき、辰五郎は下手人を追っていて、死に際に立ち会えなかった。そのことで、辰吉と凜から随分と責められた。ただ、女房が「お父《とっ》つぁんを責めるんじゃないよ」と死ぬ前に言ってくれたおかげで、凜とは何とか仲違《なかたが》いしないで済んだが、辰吉は家を飛び出した。

辰吉は昔から自分のことよりも、相手の気持ちに寄り添って物事を考えている。それなのに、手柄若の件に関して、手柄若の考えよりも、親方や世間の気持ちを取るのが少し意外であった。

「俺は手柄若の引退を引き留めるのは悪いと思っていないぜ。それに、捕り物をやっているうちに、親父は間違えていねえって思うようになった」

辰吉が真剣な眼差《まなざ》しで言う。

「いや、お前たちには迷惑をかけた。捕り物にはまりすぎていた」

「そんなことねえ。親父は正しい。俺が間違えていたんだ」

辰吉が語気を強めて言った。

ふと、昔の自分を見ているようで気が重くなった。

「とにかく、手柄若のことは何か裏があるな」

辰吉が話を戻した。

「そうだな。これから手柄若に会いに行く」

辰五郎は立ち上がり、

「お前も一緒に行くか？」

と、きいた。

「いや、俺は大嶋組の常吉殺しの件で調べなきゃならねえことがある」

辰吉も腰を上げた。

ふたりは家の外まで一緒に出て、それから左右に別れた。

振り返ると、逞《たくま》しくなった辰吉の背中が見える。それと同時に、おりさの顔も浮かんだ。辰吉とおりさはこのまま一緒になっていいのだろうか。

何となく、不安な気がしてきた。

本所相生町《ほんじょあいおいちょう》の手柄島部屋へ行くと、力士たちが大声を上げて稽古《けいこ》している。明日から本場所が始まるからか、どの力士も一段と気合が入っていた。

親方の手柄島が弟子たちに胸を貸しており、その中に、手柄若の姿は見当たらなかった。

辰五郎はしばらく端の方で、稽古を見ていると、親方が「少し休んでいろ」と弟子たちに告げて、辰五郎の元に頭を下げて寄って来た。

年のせいか、それとも激しい稽古の最中だからか、息を切らしている。

「手柄若はいねえのか」

辰五郎がきくと、

「ここ数日、部屋の方には帰って来ていないんです」

手柄島は額の汗を手の甲で拭《ぬぐ》いながら答えた。

「なに、帰って来ていねえだと。あいつは大丈夫なのか?」

辰五郎は不安になってきき返した。辰吉が今にも死にそうな顔をしていたということが気に掛かる。

「今朝、付き人の北島《きたじま》に行かせたら、特に変わりはなさそうだということでしたが」

「そうか。結局、引退の気持ちは変わらねえのか」

「ええ、今のところは……。でも、とりあえず、まだ引退はさせないでおいて、今場所は出ないという形にしました」

「手柄若はそれで承知したのか」

「はい。何か言いたげな顔をしていましたが……」

手柄島は少し躊躇いがちに頷いた。

「手柄若が引退をしたいと言い出したのはいつだっけ？」

辰五郎は確かめた。

「六日です。親分に相談しに行く前日ですよ」

「それまでは、特に悩んでいる様子はなかったのか」

「えー、そうですね。あまり顔には出さない男なので、私にはわかりませんが……」

手柄島は顔をしかめた。

辰五郎は手柄島に聞いてもこれ以上詳しい話はわからないだろうと思い、

「北島から話をきけるか」

と、言った。

「はい、少々お待ちを」

手柄島は一度辰五郎の元から離れ、引き締まった体のまだ十五、六くらいの若々しい力士を連れてきた。

「こいつが北島です。ここ一年くらいは付き人をさせています」

手柄島が説明した。北島は恐縮するように、軽く頭を下げた。

「今朝、手柄若に会って来たそうだな」

「はい」

「あいつはどこにいるんだ」

「神田紺屋町三丁目にある『井上屋《いのうえや》』という旅籠《はたご》です」

北島の声が尻《しり》すぼみになる。

「旅籠？」

「もう相撲も辞めるので、家を引き払うと。でも、このことは親方以外には報《しら》せないでくれと言われているんです。ですので、私から聞いたということは黙っていてください」

北島は弱った表情を見せる。

辰五郎は「わかった」と頷いてから、

「家はどこにあるんだ？」

と、訊《たず》ねた。

「近所です。ここを出て、二つ目の角を曲がったすぐ右手の一軒家です。私は住み込みで横綱の身の回りの世話をしていました」

「じゃあ、あいつが家を引き払うとなったら、お前さんも困っただろう」

「いえ、親方のところに住まわせてもらっているので」

北島が答える。

「相撲を辞めるにしても、家を引き払うというのはな……」

辰五郎は独り言のように唸《うな》った。もしかしたら、家を引き払わなければならない事情があるのだろうか。

「お前さんはいつ引退のことを聞かされたんだ」

辰五郎はきいた。

「五日です……」

北島が少し考えるようにして答えたが、

「実はちゃんと引退したいとは横綱の口から聞いていないんです」

と、すぐに訂正した。

「どういうことだ？」

辰五郎は眉間《みけん》に皺《しわ》を寄せ、首を傾げた。

「五日に横綱から呼び出されたんです。それで、もう付き人はしなくてもいいからと言われ、餞別《せんべつ》に三両を頂いたんです。多分、あれが引退するということだったのかと今は思います」

「そう言われてから、手柄島部屋で住むようになったのか」

辰五郎が確かめると、

「そうです」

北島は頷いた。

「だが、この前俺が来たときには、手柄若もここに稽古に来ていたな」

「ええ、弟弟子たちに稽古を付けたいということで。でも、もう来ないと思います」

「どうしてだ？」

「最後に来たのが三日前です。その時にもう俺の役目は終わったと言っていたんです」

北島が寂しそうな声を出した。

「役目とは、何だろうな」

辰五郎が独り言のように呟く。

北島は首を傾げている。

「そういや、お前さんは常に手柄若のお供をしているのか」

辰五郎は改まった声できいた。

「常にというわけではございませんが、遊びに出られたり、呑みに行くときにもお供はします」

「そうか。その時に、何か愚痴をこぼしたりしていなかったか？」

「いえ、全く。横綱は酒が強くて、さらに酔っても変わりません。酒の勢いで、普段口に出来ないようなことを言うことは一度たりともありませんよ」

北島は首を横に振った。

「じゃあ、最近になってあいつに近づいてきた者はいなかったか？」

辰五郎がきくと、

「あっ」

北島は声を漏らした。

「いるのか？」

辰五郎がすかさず確かめる。

「ええ、十二月に入ってからだと思いますが、二度、横綱の家にやって来た男がいました」

「そいつを知っているか」

「いえ、わかりません。背が高くて、きりっとした目の寡黙そうな男で、何か只者《ただもの》じゃない感じがしましたが」

北島はその時のことを思い返すように言った。

「只者じゃねえってことは、やくざ者か？」

「もしかしたら……」

北島は少し躊躇いがちに頷いた。

「そいつはどんな用で来たんだ」

「私にはわかりません。その男が来たら、横綱はふたりきりで話がしたいからと外に追い出されました」

「二回ともか？」

「はい」

北島は頷いた。余程、聞かれたくない話があったのだろうか。

「背が高くて、目がきりっとした寡黙そうな男だな？」

辰五郎は、もう一度その男の特徴を確かめた。まだはっきりはわからないが、その男のことも調べてみる必要がある気がした。

それから、他にも手柄若についてきいたが、特にこれといったことは得られなかった。

辰五郎は北島に礼を言って、手柄島部屋を去ろうとすると、

「親分、横綱が何かに巻き込まれていなければいいのですが……」

北島は心配そうな顔を向けてきた。

「そうだな……」

辰五郎はそれ以外に好《よ》い答えが思いつかなかった。

外に出ると、七つ（午後四時）の鐘が聞こえてきた。冷たい夕風に、辰五郎は襟を立てて歩き出した。

三

辰五郎はその足で、神田紺屋町へ向かった。小伝馬町《こでんまちよう》の牢《ろう》屋敷の横を通り、龍閑川《りゆうかんがわ》に架かる待合橋《まちあいばし》を渡って火除地《ひよけち》を過ぎると紺屋町三丁目であった。

この地は、慶長《けいちよう》年間に徳川家康《とくがわいえやす》より軍功として関八州《かんはつしゆう》及び伊豆《いず》の藍《あい》の買付けを許された紺屋頭土屋五郎右衛門《つちやごろうえもん》の支配した町で、藍染職人が集住している。

さっそく、『井上屋』という看板を探したが、すぐには見つからなかった。

仕方がないので、自身番に行き訊ねてみたら、

「ちょっとわかりにくいんですが、組屋敷の裏手にある小さな宿屋です」

と、教えられた。

辰五郎は礼を言い、その通りに行くと、人通りが少ない狭くて暗い道の前方の二階屋に『井上屋』という古びた看板が見えた。

横綱の手柄若が泊まるくらいだから、それなりにしっかりとしたところだと思っていたので意外だった。

土間に入ると、難しい顔をして座っていた四十代半ばくらいの旦那風の男が、すぐ

に気づいて、

「いらっしゃいまし。おひとりさまでございますか」

と、笑顔を作った。

「いや、客じゃねえんだ。手柄若に用があって」

「えっ、横綱に？」

旦那は驚くようにきき返した。

「北島という付き人に、あいつがここにいると聞いて来たんだ」

辰五郎が説明した。

「そうでございましたか。失礼ですが、どちらさまで？」

旦那は低い姿勢できいてきた。

「大富町の辰五郎って者だ」

「えっ、岡《おか》っ引《ぴ》きだった辰五郎親分ですか？」

「そうだ」

「これは大変失礼致しました。横綱はこちらにいるのですが、いまちょっと来客がありまして……」

旦那は頭を深く下げた。

辰五郎は捕り物で名を馳《は》せていたので、こっちが知らなくても相手が知っていることが多々ある。

「横綱から、親分が手柄若という四股名《しこな》の名づけ親で、さらに親分のおかげで強くなったと聞いております」

旦那は恐縮するように言った。

「俺はそんなんじゃねえ」

辰五郎は首を横に振った。

「まあ、汚いところですが、よかったらあがってお待ちください」

と、勧めてきた。辰五郎は「じゃあ」と言って、履物を脱いであがると、近くの部屋に通してくれた。

「いますぐにお茶を持ってきます」

旦那がそう言って部屋を出ようとしたので、

「いや、そこまで気を遣わなくても」

辰五郎は断ったが、

「いえいえ、どうせ暇ですから」

と部屋を出て、すぐに茶を運んで来た。

「すみません。ここは私ひとりで切り盛りしているものでして、掃除も行き届いていませんで……」

旦那は申し訳なさそうに言う。

辰五郎は部屋を改めて見渡した。畳がすり減ったり、壁や襖《ふすま》に染みがついていたりするが、埃《ほこり》などはなく、地味だが小ぎれいにしている。

「いや、ひとりでやっているにしちゃ立派だ」

辰五郎は茶を啜《すす》りながら褒《ほ》めた。

「恐れ入ります」

旦那は頭を下げた。

辰五郎はひと呼吸置いてから、

「手柄若との付き合いは長いのか」

と、きいた。

「そうですね、かれこれ、十五年くらいにはなりますかね。死んだ女房が手柄島部屋のおかみさんと知り合いで、向こうが忙しい時には時たま手伝いに行っていたんです。そのお返しに、おかみさんがまだ駆け出しの頃の手柄若関をうちに寄越《よこ》しまして、宿の手伝いをしてくれたのがきっかけです」

旦那は懐かしそうに答えた。

「それで、ここに泊まっているのか」

「と言っても、使っていない奉公人の部屋で泊まっているんです」

「なに、奉公人の部屋で？」

「ええ。横綱は相撲を辞めて、ここで働くのだから、客間は使えないと……」

旦那は弱ったように言った。

「あいつは本当に相撲を辞めるつもりなんだな……」

辰五郎は呟いてから、

「ところで、手柄若はいつからここに泊まっているんだ」

と、改まった声できいた。

「三日前ですかね」

「急に泊めて欲しいと訪ねてきたのか」

「ええ、もう引退することを決めて、家を引き払ったからしばらくいさせて欲しいと。もしかして、親分も引退のことでお話に？」

「そうだ。実は親方から引退のことで相談をされていてな」

辰五郎は事情をかいつまんで説明した。

「やはり、親方からしたらあまりに急なことで驚いたでしょうね。私も何で引退するというのか、わかりません」

旦那は解《げ》せない顔で答えた。

「手柄若は詳しいことは話さなかったか？」

辰五郎はきいた。

「ただ、体がついていけないと……」

旦那が同情するような声を出してから、

「親分、でも本当にそうなんですかね？」

と、不思議そうに首を傾げる。

「さあ、違うような気もする。だから、それを探っているんだ。この三日間、手柄若を訪ねてきた者はいなかったか」

辰五郎はきいた。

「そうですね。弟子の北島さんに、名前はわからないんですが、背の高い男の人が来ましたね」

「背の高い男？　もしかして、きりっとした目の寡黙そうな男じゃなかったか」

辰五郎は身を乗り出した。

「ええ、そんな感じです。一体、誰なんだろうと不思議です。横綱がここにいることは手柄島部屋でも親方と北島さんしか知らないって言っていましたから。横綱もその方がお見えになられたときは結構驚いていました。出しゃばって、どなたなんですかときいたのですが、教えてくれませんでしたね」

「そうか」

辰五郎は頷きながら、北島が言っていた昨年の十二月に入ってから手柄若の家に二度ほど来た男に違いないと思った。

やはり、その男が引退に関《かか》わっているのだろうか。

しかし、決めつけるにはまだ早い。

「いま来ているのはその男じゃないんだな？」

辰五郎は確かめた。

「違います。三味線の……」

旦那は途中まで言いかけて、しまったというように言葉を呑みこんだ。

「三味線の？」

辰五郎はきき返す。

「いや、何でもありません。忘れてください」

旦那は慌てて否定した。

「もしかして、杵屋小鈴師匠か」

辰五郎が確かめると、旦那は口ごもった。

この間、小鈴に手柄若との関係を聞いたが、ただ『鳥羽屋』の旦那が手柄若のひいき筋だから、座敷に呼ばれたときに顔を合わすくらいだと言っていた。

しばらくして、階段を降りる音が聞こえてきた。辰五郎は立ち上がり、部屋を出た。

すると、目の前にどこか憂鬱《ゆううつ》そうな顔をしている小鈴と出くわした。

小鈴は辰五郎と目が合うなり、

「親分、どうしてここに？」

と、目を見開いて声をあげる。

「手柄若のことで来たんだ。お前さんこそ、何しているんだ」

辰五郎は探った。

「私も『鳥羽屋』の清吉さんから聞いて、ここに来て、色々と話を……」

小鈴は目を逸《そ》らした。いつもと違って歯切れが悪い。

「今日、初めてきたのか？」

「え、ええ……」

小鈴は声を詰まらせた。

「まだ引退を思いとどまらないか」

辰五郎は続けざまにきく。

「そうですね」

小鈴はぎくしゃくしながら頷いた。

「そうか。また今度ゆっくり聞かせてくれ」

辰五郎はそう言って、小鈴を横目に階段を上がった。二階は左右に二部屋と突き当たりに一部屋しかなかった。左右の部屋は使っていないのか、襖が開けられていて、中には誰もいなかった。

突き当たりの部屋の前に立ち、

「手柄若、大富町の辰五郎だ。開けてもらってもいいか」

と、声をかけた。

「えっ、親分？」

驚いた声がして、すぐに襖が開いた。

「どうして、ここが？」

手柄若は中に招きながら、不思議そうにきいた。

「俺は元岡っ引きだぜ」

辰五郎は曖昧に答えて、長火鉢の前に座った。続いて、手柄若も腰を下ろす。

「家を売り払っちまったようだな」

辰五郎はきいた。

「ええ、もう相撲は辞めると決めたので」

手柄若は頷く。

「でも、親方の話だと、今度の場所は休場して、ゆっくり考えるってことだったが？」

「親方の手前そう言ったまでです。私の腹はもうとっくに決まっています」

手柄若は引き締まった声で答える。

辰五郎はひと呼吸おいてから、

「そうか。だがな、どうしても納得できねえんだ」

と、首を捻《ひね》った。

「……」

手柄若は苦い顔をして、辰五郎を見ている。

「本当に体力が落ちたから引退するのか？」

「そうです」

「それにしては急過ぎるだろう」

「前にも言ったように、三十過ぎたら力士の衰えは突然やって来るものでして」

手柄若は以前同じことを繰り返した。

「先月から背の高いやくざ風の男がお前さんに近づいてきているようだな」

辰五郎は改まった声できいた。

「いえ……」

手柄若はそう言ってから、次の言葉が出てこなかった。

「余計なお節介かもしれねえが、そいつとの間に何か揉め事があるんじゃねえかとも思うんだ。ここにも訪ねてきたみたいじゃねえか」

辰五郎は北島が言っていた男と、この宿屋の主人が言っていた男が同一人物かどうかわからなかったが、鎌《かま》をかけてみた。

「ちょっとした知り合いです」

手柄若は小さな声で答えた。

「知り合い？」

辰五郎はきき返す。

「本当に、何も関係のない者でして」

「……」

「どういう知り合いなんだ?」

「ただの知り合いです」

手柄若はそのことに関しては口を閉ざした。

答えないとなれば余計に怪しい。だが、探索でもないから、答えたくないものを無理やりに聞き出そうとは思わなかった。

「そうか。もし、そのことで困っていたら、いつでも相談してくれ。何でも請け負ってやる」

辰五郎は大きく言った。

「ありがとうございます」

手柄若は一瞬迷った表情をして頭を下げた。

「そういや、さっき階段の下で小鈴師匠に会ったが」

辰五郎は話を変えた。

「そうでしたか」

手柄若は相変わらず弱ったような表情をしている。

「師匠もお前さんを心配してきたのか?」

「いえ、そういうわけでは……」

「じゃあ、何のために？」

「『鳥羽屋』の旦那のことです」

「清吉のこと？」

「ええ、私が引退するんで心配しているんです」

「いえ、忙しくて来られないので、師匠に頼んだのでしょう」

「清吉はここに来たのか？」

手柄若はどぎまぎして答えた。

さっきは心配してきたわけではないと言っていたのに、明らかに不自然だ。背の高いやくざ風の男が関係しているに違いない。だが、これ以上聞いても答えてくれないだろう。

その男のことを調べる必要がある。

辰五郎はそう思いながら、帰路についた。

四

『一柳』の忠次の部屋に、辰吉、安太郎、福助が集っていた。四人は車座になり、大嶋組の常吉殺しの件について話し合っている。

皆の意見は、丸傳一家の親分傳兵衛の用心棒である源五が怪しいということで一致していた。しかし、その源五から話を聞けた者がいない。そもそも、源五のことを詳しく知っている者がいない。

丸傳一家の者は喧嘩《けんか》っ早いのが特徴で、何かあると駆け付けたり、事が大きくなればしょっ引いたりするが、源五に関しては今まで一度たりとも揉め事を起こしたことがない。

だから、皆が源五について知らなかったのだ。

「いまは西次郎一家にいる徳三郎は源五じゃないと殺せないと言っていますが、大嶋組の代貸の政次郎は源五では殺せないと言っています」

辰吉はそう伝えてから、

「ただ不思議なのは、今まで丸傳一家は何度も常吉を襲おうと企《たくら》み、複数人で襲いましたが、いずれも失敗に終わっています。もし、傳兵衛の命令で源五が殺したとしても、ひとりで行ったのは無謀な気がしなくもねえんですが」

と、疑問を口にした。

するとと、安太郎が辰吉に顔を向け、

「今まで何度も失敗しているから、丸傳一家で一番腕の立つ源五にやらせたんじゃねえのか？」

と、言った。

福助は「そんな気がする」と同調した。

「だとしたら、最初から源五に殺しに行かせれば早いと思うんですが。だって、傳兵衛は元々大嶋組にいて、常吉の強さは知っているはずですよ」

辰吉は言い返した。

「俺もそこが気になる」

忠次は銀煙管をふかしながら、辰吉に頷いて見せた。

「じゃあ、親分は源五が下手人じゃねえとお考えなんですか」

安太郎が忠次に顔を向けてきいた。

「いや、源五が限りなくクロに近いと思う。だが、今まで源五を殺しに行かせなかったわけと、源五が常吉相手にひとりで殺しに行ったことが気になる。政次郎は源五には殺せないと言っているわけだ」

忠次は淡々と言った。

「それともうひとついいですか？」

辰吉は口を挟んだ。

「なんだ、言ってみろ」

忠次が促す。

「源五は今まで揉め事をひとつも起こしていないんです。そこもちょっと気になりますね」

辰吉はそれぞれを見て言った。

「たしかにな」

忠次は腕組みをして唸った。

そのことについては、安太郎と福助も頷いた。

「ともかく、源五について、もう一度徳三郎から話を聞いてみます」

辰吉が言ってから、その場は解散となった。

次の日の朝、辰吉は本郷の武家屋敷の外れにある西次郎一家を訪れた。すると、土間に入ってすぐのところに徳三郎の姿を見かけた。

「徳三郎さん、よかった。ちょっと、源五のことできたいことがあったんです」

辰吉が声を掛けると、

「ええ、なんでも」

徳三郎は協力的に答え、近くの部屋に通してくれた。この間も、辰吉が徳三郎と話した部屋だ。

そこで腰を下ろすなり、

「源五という男について、知っていることは何でも教えてください」

と、切り出した。

「たいして知りませんね。なんせ、丸傳一家でも、あの男と親しい者は親分しかいません。とにかく無口で、不思議な人でした」

「源五は元々武士なんですかね」

「噂《うわさ》では、明石《あかし》藩の浪人だと聞いていますが、それも本当かどうかわかりません。一度、本人にきいてみたことがありますが、答えてくれませんでしたね」

「じゃあ、用心棒になったきっかけはわかりますか?」

辰吉はきいた。

「親分に恩があるということは言っていましたね」

「恩?」

「どんな恩かは知りません。でも、家族のことだと思いますね。っていうのは、親分と源五が話しているのをたまたま聞いたことがあるんですが、『妹の様子はどうだ？』と親分が心配していましたから」

「なるほど。妹ですか……」

辰吉は独り言のように呟いた。

「これも確かではないですが、妹はどうやら『鳥羽屋』という染物屋で働いていると誰かが言っていたような……」

徳三郎は曖昧そうに言う。辰吉はおやっと思った。

「もしかして、神田紺屋町にある店では？」

辰吉はきいた。だとしたら、手柄若のひいき筋の清吉の店だ。

「いえ、そこまではわかりません」

徳三郎は首を横に振った。

辰吉は後で確かめてみようと思いながら、

「他に源五と話したことはねえんですか」

と、きいた。

「あまりないですね。でも、常吉親分を襲う前に助言をもらおうと思って声をかけました。そしたら、人を殺したことがないからわからないって冷たく言い返されましたよ」

今まで源五をしょっ引いたこともないし、探索で名前が挙がったこともない。だから、源五が人を殺したことがないのは、本当なのだろうとも考えられる。

それから色々と源五のことを聞いたが、これといった事柄は得られなかった。

「そうですか。色々とありがとうございます」

辰吉は礼を言って西次郎一家を出ると、本郷の坂を湯島《ゆしま》の方にずっと下って行き、神田に下りた。

神田川に架かる筋違橋《すじかいばし》を渡り、須田町《すだちょう》、小柳町《こやなぎちょう》などを通って南下して、神田紺屋町一丁目の『鳥羽屋』へ辿《たど》り着いた。

立派な白壁の蔵造りの店で、間口がかなり広い。店の間に入ると奉公人が三人控えていて、帳場には番頭風の男が座っている。

「旦那はいらっしゃいますか」

辰吉はきいた。

「ええ、奥におりますが」

番頭が答えた。

「呼んできてもらえますか？　あっしは通油町の忠次親分の手下で、辰吉という者です」

辰吉が頼むと、

「少々お待ちください」

と、奥へ行った。

辰吉は土間の端に立って待っていると、やがて奥から縞《しま》の着物に縞の羽織を着た清吉がやって来た。

「もしかして、手柄若のことですか？」

清吉は心配そうな声を出した。

「いえ、そのことではないんです」

辰吉がそう言うと、清吉は少し安心したような顔をして、

「まあ、こんなところでは何ですから」

と、奥へ案内されて、八畳の部屋に通された。縁側があって、その向こう側には十坪ばかりの中庭が見渡せた。雪吊《ゆきづ》りの立派な松や霜除《しもよ》けが冬の庭を造っている。

わざわざここまで移動することはなかったが、

「丸傳一家の源五っていう男を知っていますか？」

と、訊ねた。

「お竹《たけ》の兄さんですね？」

「お竹さん？」

「丸傳一家の傳兵衛親分から紹介されて、うちで働いてもらっている女中です」

「その方かもしれません。お竹さんには会えますか」

「ええ、いま連れてきますよ」

清吉はそう言って、部屋を出た。

待っている間、辰吉は庭の松を眺めていた。清吉は自分と歳《とし》が大して変わらないのに、こんなに立派に店を切り盛りしている。風格といい、度量といい、自分とは比べ物にならないとつくづく感じた。

しかも、顔まで整っていて、良い男だ。これ以上、何も望むことがないように思える。

まだ女房はいないようだが、女から引く手あまただろう。

清吉を断るような女はいないと思った。と、同時に、もしも清吉がおりさに惚《ほ》れたとなればという考えが脳裏に過《よぎ》り、心の臓が一瞬止まりそうな居心地の悪さを覚えた。

辰吉はその考えを振り払うように頭を振った。

その時、襖が開いて、背の高い二十歳《はたち》前後の細面の女が入って来た。後ろには清吉がいて、

「お竹です」

と紹介してから、部屋を後にした。

お竹が辰吉の前に座ると、

「通油町の忠次親分の手下で辰吉と申します」

辰吉は名乗ってから、

「お兄さんは源五さんでは？」

と、率直にきいた。

「そうですが、兄がどうかしたのでしょうか？」

お竹は心配そうに顔を歪《ゆが》めてきく。

「いえ、特にどうってわけではないのですが。あることで調べていることがありまして、源五さんに会ってききたいことがあるんです」

辰吉は誤魔化した。

「兄は丸傳一家にいけば会えると思いますが……」

状況のわかっていないお竹が淡々と説明した。

辰吉は詳しいことは省いて、

「それがなかなか会えなくて。源五さんが好きでよく行く場所とか知らないですか」

と、訊ねた。

「さあ、兄は妹の私でさえよくわからないんです」

お竹は首を横に振る。

「まったく会うことはないんですか？」

「いえ、ありますけど、兄は用心棒をしなきゃならなくて、忙しいんでしょうね。元々は家族のために始めたことなのに……」

お竹は複雑な表情をしていた。兄がやくざの用心棒をしているのをあまり快く思っていないのだろう。

「家族というと、あなたのことですか？」

辰吉は確かめた。

「私もそうですが、母のこともそうです。今から五年ほど前に、母が病に倒れて、薬がとても高かったんです。兄がそれを買うために、稼げる仕事を探していて、丸傳一家の親分さんの用心棒になったんです」

お竹は苦い顔をする。

「そうですか。元々、腕には自信があったんですかね？」

「ええ、かなり強かったんです。自分から仕掛けることはなかったですが、喧嘩で負けたことはありません。父は明石藩で一番と言われた剣の腕前でしたので、その血を引いていると兄は誇りに思っているはずです」

徳三郎も明石藩のことを言っていた。その噂は本当だったのだ。辰吉の調べていることには関係ないと思ったが、

「源五さんは明石藩に仕えなかったのですか」

と、訊ねた。

「ええ、父は剣に強かったのですが、周りから妬《ねた》まれていて、ある時だまし討ちにあって殺されてしまったんです。それから、残された家族も危ないということで江戸に出てきました」

お竹がしんみりとした口調で言った。

「あなたも丸傳一家の親分の紹介で、ここに奉公にあがることになったと聞きましたが……」

「そうなんです。母が生きている間は私が母の傍《そば》で看病をしていたので、働きに出なかったのですが、死んでからは何か仕事を探さないといけないと思って兄に相談した

ところ、丸傳の親分さんがこの店の話を持ってきてくださって」

お竹は答えた。今まで丸傳一家の親分傳兵衛のことは荒くれ者で、あまり好い印象を持っていなかったが、用心棒の妹の世話まで見ていたとなると、意外に人間味のあるような気もする。

だが、それは大切な用心棒の妹だからなのだろうか。

それから、お竹は真剣な表情で、

「兄は丸傳の親分さんに恩を感じていますが、たとえ丸傳の親分さんの命令であっても、兄は決して人の道を外れるようなことをするはずはありません」

と、訴えた。

「そうですか」

辰吉はそれ以上深いことを聞かなかった。

「もしも、手柄若関のことだったら、兄のせいじゃありません」

お竹が言った。

「手柄若関のこと？」

辰吉はきき返した。

「よくわかりませんが、手柄若関のことでちょっとややこしいことがあると言っていました」

お竹は首を曖昧に傾げながら答える。

辰吉は何のことだろうと思ったが、常吉殺しとは関係がないと思い、お竹に礼を言って、その場を後にした。

五

夕陽《ゆうひ》がだいぶ落ちてきた。

『一柳』の台所から夕餉《ゆうげ》の香りが漂っていた。

店には客が三組いる。いずれも、日本橋の旦那衆が新年の集いといって呑んでいる。まだ芸者がやって来ている座敷はどこもないが、賑《にぎ》やかな声が奥の忠次の部屋にまで届いていた。

その部屋で、辰吉は忠次と向かい合って、

「妹のお竹もここしばらくは源五と会っていないようです。でも、横綱の手柄若関のことで何かややこしいことがあったと言っていました。まあ、それは常吉殺しとは関係ないと思うんですが……」

と、報告していると、突然廊下から足音が響いた。

「旦那さま！」

慌てた声と共に、襖が開いた。『一柳』の若い奉公人が見えた。

「どうした？」

忠次は奉公人に顔を向ける。

「さっき、翁稲荷《おきないなり》で、丸傳一家の傳兵衛が襲われるのを見たんです」

奉公人は肩で息をしながら言った。

「なんだと？」

忠次は驚いたように立ち上がり、奉公人に近づく。辰吉も咄嗟《とっさ》に立ち上がり、奉公人に寄った。

「先ほど、番頭さんに頼まれていたお遣いの帰りに、翁稲荷の前を通ると、境内《けいだい》に傳兵衛が見えました。その途端、木の陰から男が飛び出して、匕首《あいくち》で傳兵衛の脇《わき》を刺しました。さらに、他の男が現れて、傳兵衛の正面からもうひと刺ししたようなんです」

奉公人は息継ぎをして、

「そのまま逃げて行ったようです。あっしは恐《こわ》くなって、必死に逃げてきました」

と、苦い顔で言った。

「襲われたのは、本当に傳兵衛なのか？」

忠次は確かめた。

「ええ、間違いありません。ご贔屓《ひいき》になっているお客さまが丸傳一家の隣に住んでいて、傳兵衛はよく見かけますから」

奉公人は真っすぐな目で言った。

忠次は信じるように頷いてから、

「傳兵衛はひとりだったのか？」

と、きいた。

「確か、他には誰もいなかったと思います」

「源五がいない……」

忠次は不思議そうに呟きながらも、

「辰、これから向かうぞ」

と、急ぎ足で『一柳』を出た。辰吉も後を追った。

翁稲荷は元四日市町《もとよっかいちちょう》の江戸橋《えどばし》広小路にある。

起源は定かではないが、土中から見つかった翁像を火除地の小さな祠《ほこら》に祀《まつ》ったのが発祥だ。ある時、翁稲荷を邪険に扱った鳶《とび》の者が大怪我をし、瀕死《ひんし》の苦しみ、突如として悶死《もんし》したという。これを見た鳶の仲間は社地を清め、石の手水盥《ちょうずだらい》を奉納し、次第に供物や絵馬が増え、石鳥居や玉垣も造られ立派な稲荷となっていった。

辰吉と忠次は大伝馬町《おおでんまちょう》から道浄橋《どうじょうばし》を越え、伊勢町河岸《いせちょうがし》を歩き、江戸橋を渡った。

広小路は盛り場で、その一角に翁稲荷はある。

ふたりが石鳥居をくぐると、稲荷の前に大勢の人だかりがあり、怒号が飛び交っている。

「どいてくれ」

忠次と辰吉は人波を掻《か》き分けて、前に進んだ。

すると、血を流した傳兵衛が倒れており、それを取り囲むように町役人《ちょうやくにん》と丸傳一家の子分たちがいた。

「親分、この人たちがすぐに死体を引き取らせてくれって……」

町役人のひとりが弱ったように言う。

「当たり前だ。親分が殺されたんだ」

そう答えたのは磯太郎だった。

「赤塚の旦那が来て死体を検《あらた》めてからじゃないと渡せねえ」

忠次が磯太郎に顔を向けて答えた。

「殺したのは大嶋組です。常吉が殺されたことを俺たちのせいだと思って、逆恨みしたに決まっています」

「お前さんの勝手な推測に過ぎねえ」

忠次が注意した。

すると、磯太郎は急に顔が強張《こわば》り、

「なんだって、親分。いくらなんでも、そんな言い方はねえだろう。誰だって考えればわかるこった。この間まで、散々常吉殺しを丸傳一家の仕業と疑っておきながら、うちの親分が殺されても、大嶋組を疑わねえっていうんですかい？」

と、怒りのせいか唇が震えていた。

「常吉殺しで闇雲《やみくも》にお前さんらを疑っていたわけじゃねえ。ただ、源五が近くにいたと言っている人がいたから、そのことで話をききたいだけだ。それにやたらと文句をつけて、源五と会わせねえようにしたのはお前たちの方じゃねえか！」

忠次が大声で怒鳴りつけた。

「……」

磯太郎は睨《にら》みつけたまま、何も答えない。

「それより、聞きたいことがある」

忠次が落ち着いた声で言った。

「なんです？」

「源五は傳兵衛に付いていなかったのか」

「ええ、故郷に帰っているんでね」

「いつになったら帰ってくるんだ」

「さあ、知りませんよ」

磯太郎は不貞腐《ふてくさ》れるように言い放ち、その場を去った。

「親分、もし源五がいたら、下手人は返り討ちにされていたでしょうね」

辰吉は忠次に言った。

「そうだな」

「としたら、下手人は源五がいないことを知って、襲ったんですかね」

「まだはっきりは言えねえが、そうかもしれねえな……」

忠次が考え込む。

「親分、これから大嶋組へ行ってきます」

辰吉は冬空に駆け出した。

日本橋箔屋町の大嶋組は静まり返っていた。辰吉は敷地を囲む黒い塀の裏の戸口を叩き、

「通油町の辰吉です」

と、中にも聞こえるように声を上げた。

ややあって、戸口の内側から足音が聞こえた。そして、戸口がぎいっと鈍い音を立ててゆっくりと開いた。

強面《こわもて》の三十代半ばくらいの大きな体の子分が出てきて、

「何のようです？」

と、警戒気味にきいてくる。

「政次郎さんはいますか」

辰吉は単刀直入に訊ねた。

「ええ、いることにはいますが、どんなご用件で？」

子分は丁寧な口調できいた。

「丸傳一家のことです」

「もしかして、うちの親分の殺しのことで何かわかったんですか」

「いや、そうじゃなくて。とにかく、政次郎さんに話を聞かないといけないことなんです」

辰吉は子分の手前、傳兵衛が殺されたことは直接言わなかった。

「とりあえず、中に入ってください」

子分は少し訝《いぶか》しい表情をしたが、中に招き入れてくれた。

庭を通り、裏口から母屋に入る。

ここには住み込みの者が三十人ほどいると聞いていたが、その者たちの声が全く聞こえないのは、辰吉が来たからなのか、それとも普段から夜はあまり音を立てないようにしているのか、ともかく、傳兵衛が殺された後なので不気味な感じがした。

辰吉は六畳間に通され、「お待ちください」と子分が去ると、すぐに政次郎が部屋に入って来た。

「辰吉さん、どうしたんです?」

政次郎は辰吉の正面に腰を下ろした。

「さっき、丸傳一家の傳兵衛が殺されました」

辰吉は声を潜《ひそ》めて伝える。

「えっ、何ですって」

政次郎は目を見開いた。

「まさかとは思いますが、政次郎さん。この間の常吉親分の仕返しじゃないでしょうね？」

辰吉は低い声で確かめた。

「揉め事を起こしたくないと言ったはずです」

政次郎は真剣な顔で答える。

「ならいいんですが。でも、子分たちが勝手にやったということは考えられねえですか？」

辰吉はさらにきいた。

「この間も言った通り、何か手出ししようなら、破門をすると約束していますから」

「でも、破門覚悟で、復讐をするような者はいませんか」

「そんな奴らはいないと思いますが……」

政次郎は首を傾げた。

「そうですか。いえ、丸傳一家は大嶋組と決めつけています」

「……」

政次郎は気難しい顔をした。

「仕返しに来るかもしれませんので、注意してください。ただ、争いを大きくしないでくださいよ」

辰吉は釘《くぎ》を差した。

「それはもちろんです。今まで小競り合いはあっても、話し合いで解決してきたんです」

「ただ、今回はどちらも親分が亡くなっています。互いに子分たちが黙っちゃいねえと思うんですが」

辰吉が不安を口にした。

「あっしが絶対なんとかします。元々この騒ぎは親分同士の遺恨が原因ですから。こんなことを言っちゃなんですけど、双方の親分がいなくなった今こそ……」

「どういうことです？」

「常吉親分は穏健な人でしたけど、やはり丸傳一家の傳兵衛には並々ならぬ恨みがあるようでした。それは丸傳一家の傳兵衛親分も同じでしょう。ただ、あっしは丸傳一家とは手を結んでもいいと思っていますし、相手方の磯太郎も、ずっといがみ合っている程、馬鹿じゃありません」

「でも、さっき磯太郎はうちの親分に嚙《か》みつくような感じでしたが……」

「いえ、それは本心じゃないでしょう」

政次郎が見切ったように言う。

「どういうことです？」

辰吉はきいた。

「磯太郎は元々常吉親分にも傳兵衛にも中立的な立場でした。でも、常吉親分が大嶋組に残るように声をかけてくれなかったので、傳兵衛の下に付いたんです。あっしとはまあまあ仲も好かったですし、話し合えばわかる相手ですよ」

政次郎は自信に満ちている。

「そうですか。あっしにはわかりませんが……」

辰吉は首を傾げながらも、

「じゃあ、すぐにでも話し合いの場を設けるというんですか」

と、きいた。

「ええ、そうしようかと思います。実は前々からこのままいがみ合っていてもいけないと思っていたので」

政次郎は言った。

「仲介人はどうするんですか？」

「そうですね。本郷の西次郎親分とも思いましたが……」

政次郎は言葉を止め、

「やはり、忠次親分がいいですかね」

と、言う。

「うちの親分に？」

辰吉は驚いてきき返す。

「それなら、どちらも文句ないでしょう。あなた方だって、ふたつの組が揉めるよりも、手を組んだ方が心配ごとはなくなるんじゃありませんか？」

政次郎は見透かしたように言う。

「とりあえず、あっしからは明日、改めて、忠次親分にお願いに参りますから、辰吉さんはこのことを伝えておいてもらえますか」

政次郎が頼んだ。

「ええ、もちろんです。親分も安心すると思います」

辰吉は少し肩の荷が軽くなったような気がした。

半刻後《はんとき》、辰吉は『一柳』へ顔を出すと、忠次は銀煙管で、莨《たばこ》を吹かしていた。

「大嶋組はどうだった？」

忠次がきいた。

「下手人については知らないような振りをしていましたが……」

辰吉はそう言ってから、

「それより、両親分が亡くなったいま、手打ちをしてもいいと言い出したんです」

と、告げた。

「なに、手打ちだと？」

忠次が驚いたようにきき返す。

「ええ、全面的に争うのは避けたいようです」

「まあ、そうしてくれたら願ってもないことだが……」

忠次は煙管を脇に置き、どこか一点を見つめて、難しい顔をした。

「それで、親分に仲介して欲しいと」

「俺に？」

「そうすれば、丸傳一家も文句はないだろうって、政次郎が言っています」

「いや、丸傳一家のことだ。岡っ引きは敵視しているから無理だろう」

「政次郎の話では、磯太郎なら話が通じると言っているんです」

「まさか……」

忠次は信じられないようで、首を大きく横に振り、もう一度煙管に莨を詰めて、火を点けた。

煙が天井に向かって昇って行く。

忠次は何も言わずに、灰を落とすと、再び莨を詰めて吹かした。

「ただ、もし磯太郎が政次郎の提案を認めるようなら、それはあっしらにとっても悪い話じゃないですし、仲介を務めてもいいんじゃありませんか？」

辰吉は言った。

だが、忠次はどこか一点を見つめながら、

「政次郎の言い分には裏がありそうだ」

と、呟いた。

「どういうことです？」

「傳兵衛殺しが大嶋組の仕業だとしたら、下手人を隠すためじゃないか。政次郎の動きにも目を離すな」

忠次が命じた。

「へい」

辰吉は勢いよく答えた。

「それより、下手人のことだ。あの後、少しきき込みをしてみたら、下手人と思われる二人組のひとりが背の高い男だとわかった」

「背の高い男……。まさか、源五じゃねえでしょうね」

「どうしてそう思うんだ。源五が自分の親分を殺すわけないだろう」

「でも、いま行方をくらましていますよね」

源五は故郷に帰っていると磯太郎が言っていた。その言葉を信じられるものかどうか。もし源五が下手人だとしたら、どうして敵対する親分も自分の親分も殺す必要があるのだろうか。

そこに裏があるのだろうか。

もしかしたら、ふたつの勢力を潰そうとする何者かが源五を雇ったのではないか。ひょっとして、いま勢力を伸ばしている西次郎一家ではないか。源五は西次郎一家に匿《かくま》われているのではないか。

「親分、もしかして源五は西次郎一家に匿われているのではないでしょうか」

辰吉は気負って訴えた。

「そうかもしれねえな。よし、辰吉。西次郎一家を調べろ」

忠次の言葉に辰吉は大きく頷いた。

第三章　手打ち

一

どんよりと広がっていた雲の割れ目から白い光が差してきた。しかし、風は強く吹き荒《すさ》んでいる。

昼過ぎ、日本橋通油町の『一柳』の大広間で大嶋組と丸傳一家の手打ち式が執り行われていた。

上手《かみて》には媒酌人《ばいしやくにん》、見届人、両側に双方の立会人、下手《しもて》に仲裁人の忠次が座っていた。

床の間には和合神の書幅《しよふく》を掛け、背中合せの刀、屏風《びようぶ》で囲んだ中央に向鯛《むかいだい》、三宝に二つの盃《さかずき》、塩を二か所に盛っている。

大嶋組と丸傳一家からそれぞれ五名ずつ出席しており、双方の間には屏風が立てられている。

昼九つ（正午）の鐘がどこからともなく聞こえてきた。

辰吉は忠次を見ると、忠次が頷《うなず》く。

「えー、ただいまより、手打ち式を行います」

辰吉は声を上げ、屛風を取り除いた。

大嶋組、丸傳一家の両者が顔を合わせた。

次の親分になるであろう大嶋組の政次郎と丸傳一家の磯太郎だけは表情をひとつも変えていなかったが、他の子分たちは互いに睨《にら》み合い、納得できない様子である。

それから、辰吉は背中合せの刀を腹合せに直して水引きで縛り、次いで背中合せの向鯛を腹合せにした。

盃を交互に交わした後、

「これを以《もっ》て、大嶋組と丸傳一家は……」

と、忠次が和解状を読みあげた。

そして、箸《はし》を二つに折り、神酒《みき》を箸と鯛に注いだ。

「さて、お手を拝借。よお」

と、一本手締めをした。

しかし、双方は緊張の面持ちを崩さない。

「それにしても、手打ちになって本当によかった。親分同士がどういうわけか殺されちまって、これから争いがあるかもしれねえと心配していたんだ」

忠次が政次郎と磯太郎を交互に見て言った。

「ご心配おかけして申し訳ございません。ですが、あっしらは何でもかんでも争っていたいわけではないんです。十年前、先代の大嶋組の親分が亡くなって、跡目争いのせいで分かれてしまいましたが、元は同じ幹で、分かれた枝葉でございます。これからは互いに協力できるところは手を組んで、揉《も》め事を起こさないつもりでございます」

政次郎がしっかりとした口調で言い、頭を下げた。

「あっしも同じ気持ちでございます。十年の間、元の仲間同士で争っていることがもどかしくて堪《たま》りませんでしたから、これからは忠次親分に迷惑をかけないように致します」

今まで牙《きば》をむくような態度だった磯太郎も続いて意思を表した。

「それを聞いて安心だ。だが、互いの親分同士が殺されたことについてはどう思っているんだ」

忠次は重たい声できいた。

政次郎と磯太郎は顔を見合わせてから、

「大嶋組としましては下手人は源五ではないかと思っていますが、源五はすでに丸傳一家を去った身であります。ですから、丸傳一家の仕業とは考えず、ただ私情で常吉親分を殺したものと考えております」

と、政次郎が答えた。

「そうか。丸傳一家はどうなんだ」

忠次が磯太郎に顔を向けた。

「丸傳一家としましても、下手人はわからないものの、故郷に帰っていると言っていた源五が怪しいと睨んでおります」

磯太郎も答える。

つまり、どちらも源五の仕業と決め、それに互いの組は関《かか》わっていないと結論づけたのである。

そうすることが、揉め事にならない唯一の方法かもしれない。

しかし、辰吉はひとつ疑問が残っていた。

「親分、ちょっとこのおふたりにお伺いしたいことがあるんですけど、よろしいですか」

辰吉は忠次にきいた。

「なんだ、言ってみろ」

　忠次は促した。

　辰吉は咳払《せきばら》いをしてから、

「源五がどちらの殺しにも関わっているのかもしれませんが、殺し方が違います。常吉親分の時は店で呑《の》んでいるところを襲っています。傳兵衛親分の時は人気《ひとけ》のない翁稲荷で殺しています。常吉親分の時も、わざわざ人に見られるような店でなくて、帰り道なんかに襲えばよかったんじゃありませんか」

　と、一同を見渡して言った。

　すると、磯太郎が口を開き、

「まあ、いずれにせよ、源五がやったことには変わりないです。そんなのは、源五を捕まえてから聞きだせばいいことでしょう」

　と、素っ気なく言った。

　それに対して、政次郎も「あっしもそう思います」と同調した。

「辰吉、もういいか」

　忠次がきいてきた。

「もうひとつだけ」

辰吉は言った。

「なんだ?」

「政次郎さんも、磯太郎さんも、源五が殺したとお考えですが、どういう理由で殺したのだと考えているのですか」

辰吉はふたりを見た。

「わかりません。何か恨みがあったか、もしくは、他の組に雇われたとか……」

政次郎が険しい顔をした。

「他の組っていうと?」

辰吉がきく前に、忠次が口を開いた。

「……」

政次郎は言い渋った。

「もしかして、西次郎一家か?」

忠次がきいた。

「いえ、そこまでは断定できませんが……」

政次郎は思わせぶりな顔をして答える。

それに対して、磯太郎は何も言わなかった。

「磯太郎さんは？」

辰吉がきくと、

「傳兵衛親分と揉めることもあったようだ。だから、何か恨みを持っていたのかもしれねえな」

磯太郎が答えた。

どちらも、大雑把《おおざっぱ》にしか答えない。

親分たちが殺されたというのに下手人のことや、その理由も考えないものなのか。

それとも、互いに腹のうちでは思っていることがあるが、せっかくの手打ちが壊れないように隠しているのか。

辰吉はどうもわからなかったが、これ以上きくことはなかった。

手打ち式は御開《おひら》きとなった。


その日の夜、辰吉は『川萬』へ行き、おりさと会った。誰《だれ》もいなくなった店の土間で、ふたりで茶を飲みながら、ただ喋《しゃべ》っているだけだったが、久しぶりにおりさと会えるだけで幸せだった。

おりさも辰吉に会えるのが嬉《うれ》しいと見えて、いつもより甘えてくる。辰吉は余計におりさが愛《いと》おしくなった。

「今度久しぶりに、どこか出かけよう」

辰吉は思い付きで言った。

「本当？　嬉しい」

おりさは顔を綻《ほころ》ばせた。

「どこか行きたいところあるか」

「そうね……」

おりさは少し考え、

「あっ、お芝居なんかどう？」

「芝居？」

「そう。実はね、両国広小路《りょうごくひろこうじ》をお使いの帰りに通ったら、芝居小屋が出ていて、男女の道行《みちゆき》もので面白そうなのがあったの」

「その芝居はどこの一座なんだ」

辰吉はきいた。

「北澤惣十郎《きたざわそうじゅうろう》一座っていって、いま人気のある一座よ」

「へえ、聞いたことねえな」

「本当？　すごく話題になっているんだけどな。二代目惣十郎を継いだばかりで、襲名披露公演だから」

おりさは目を輝かせて言った。

「そうか、そういうのは全く知らねえからな」

辰吉は苦笑いした。

「もしかして、お芝居好きじゃないの？」

おりさが心配そうにきいてきた。

「いや、そんなことはねえよ。うちの親父《おやじ》も大の芝居好きだし、その血は流れているはずだ。だけど、芝居を観《み》に行くことが少なかったからな。よし、今度行ってみよう」

辰吉は膝《ひざ》を叩《たた》いた。

おりさが行きたがっているし、近ごろは寂しい思いをさせていたので断るわけにはいかなかった。

しかし、なによりおりさとどこかに出掛けられるなら、どこでもよかった。

「いつにしようか」

おりさが嬉しそうに言ったが、

「でも、殺しの件で忙しいかしらね？」

と、きいた。

「いや、もうすぐ決着がつくかもしれねえから、近いうちに行こう。そうだな、三、四日くらい後はどうだ」

辰吉は咄嗟《とっさ》に答えた。

「うん、そうしましょう。辰吉さんとどこかに出掛けるのなんて、ほんと久しぶりね」

おりさは声を弾ませる。

「そうだな。去年の十一月の初め頃《ごろ》に、深川の寄席《よせ》に行ったのが最後じゃねえか」

「そうそう、圓馬師匠《ししょう》のお弟子さんたちが出ていた時ね」

「もうふた月は経《た》つんだな」

辰吉はしみじみと言った。

しょっちゅう会いに来てはいるものの、いつも少し話すだけで、物足りなさを感じていた。互いに忙しい身だから、どこかに出掛ける機会は少なくても、もっと一緒にいたい。

もし、自分が一人前の岡っ引きになったら、おりさを嫁にして、今住んでいるところよりかは良い長屋を見つけて住みたい。なんとなく、そんなことまで思い描いていた。

二

辰吉は忠次を先頭に、安太郎、福助と共に本郷の西次郎一家へ向かっていた。

昨日の夜四つ（午後十時）頃、日本橋大伝馬町の居酒屋で若い男が暴れて、女中に怪我《けが》を負わせた。男は大分酒に酔っていて、名前も住まいも言わなかったが、朝になって酔いがさめると、急に弱気になり、西次郎一家の者であると名乗ったそうだ。

それから、辰吉は忠次に呼び出され、

「これはいい機会だ。西次郎の元に送り届けるついでに、常吉殺しと傳兵衛殺しの件について調べるぞ」

と、言われた。

辰吉はこの数日間、西次郎一家を張っていると、今まで大嶋組や丸傳一家にいた子分たちが出入りしているのがわかった。それも、ただ何か用事があって来ているというよりかは、西次郎一家に鞍替《くらが》えしているような雰囲気であった。

ただ、どうして政次郎と磯太郎は見逃しているのだろう。

ともかく、その中に背の高い子分たちも何人か見かけた。笠《かさ》を被《かぶ》った男もいて、もしかしたら源五かもしれないと思った。

だが、何も根拠がないのに、西次郎一家に押しかける訳にはいかない。

どうしようか悩んでいた時、昨夜居酒屋で暴れた男が西次郎の子分だとわかり、まさに渡りに船であった。

辰吉たちが本郷の武家屋敷の外れの西次郎一家に辿《たど》り着いたのは昼前だった。

門をくぐり、庭を通って、辰吉は西次郎一家の子分と、忠次と一緒に土間に入る。

安太郎、福助のふたりは庭で源五がいないか探っていた。

「西次郎親分へ」

辰吉が声を上げると、衝立《ついたて》の後ろから珍しく険しい顔をした西次郎が現れた。

西次郎は忠次と辰吉の顔を見るなり、急に笑顔を作ったが、

「そいつは」

と、隠れるように身を縮めている居酒屋で暴れた子分を見て、むっとした。

「忠次親分、こいつが何かやらかしましたか」

西次郎は低い声を出した。

「昨日居酒屋で暴れて、女中に怪我を負わせたんだ」

忠次はそう言い、子分の背中を押して、西次郎に渡した。

「えっ、怪我を……。それは大変申し訳ないことを致しました。親分にも御迷惑をかけて……」

西次郎は深々と頭を下げた。

ややあって顔を上げ、

「てめえは何やってんだ！」

と子分を怒鳴りつけ、頭を叩いた。

「まあ、西次郎。怪我といっても大したことじゃねえ。幸いなことに、向こうは訴えを起こすようなことはしねえと言ってくれている」

「本当ですか？」

「ああ。だが、ちゃんと子分の躾《しつけ》をしねえといけねえぞ」

忠次はぴしっと言った。

「ええ、もちろんでございます。普段から、酒のことで揉め事を起こすな。もし揉め事になったとしても、堅気には手を出すなときつく言い付けているんです」

西次郎は腰を低くして言い、

「わざわざ来ていただいて申し訳ございません。もうこんなことがないようにしますから。ありがとうございました」

と、早く引き取って欲しいのか、手のひらを伸ばして暗に帰るように促した。

「西次郎」

忠次は改まった声で呼びかけた。

「はい」

西次郎が堅い表情で答える。

「最近、随分と手を広げているな」

忠次は何気ない風に言った。

「いえ、そんなことございませんよ」

西次郎は大袈裟《おおげさ》に首を横に振る。

「謙遜《けんそん》することはねえ。シマも広げているみたいだし、見かけねえ子分たちが増えてきているようだが」

忠次が鋭い声で言った。

「まあ、ありがたいことに」

西次郎は愛嬌《あいきょう》のある顔で頭を掻《か》きながら答えた。

「新しく入って来た子分たちは元々どこの者たちなんだ」

忠次は探るようにきいた。

「色々ですよ」

西次郎は曖昧《あいまい》に答える。

「色々っていうと？」

忠次はきき返す。

「ただのごろつきが入ってくることもあれば、いま大嶋組と丸傳一家がごたごたしているんで、うちにやってくることも……」

「そうか。大嶋組と丸傳一家の子分たちか」

忠次はふたつの組の名前をわざと強調するように言った。西次郎は笑顔を絶やすことがなかったが、忠次の言葉に片眉《かたまゆ》をぴくっと動かした。

「そのふたつの組が揉めていることには、お前さんはどう思っているんだ」

忠次は追い打ちをかけるようにきいた。

「そりゃあ、悲しいですよ」

「悲しい？」

「ええ、元々あっしの亡くなった親分と大嶋組の先代とは兄弟盃を交わしていた間柄です。ですから、その当時から常吉も傳兵衛も知っているんです。親同士が兄弟ですから、子分のあっしも常吉とは兄弟盃を交わしていましたし、傳兵衛とだって仲がようござんしたよ。だから、あっしにとって、古い友だちが仲違《なかたが》いして命を取り合うまでになるなんて、何だか悲惨じゃないですか」

西次郎が顔をしかめた。西次郎の語ったことに嘘《うそ》があるようには思えないが、本心はわからない。いくら兄弟盃を交わしたって、仲良くしていたって、所詮《しよせん》は違う組だ。

西次郎の親分と大嶋組の先代も表では手を組み合っていたが、小競り合いは何度もあり、互いに隙《すき》あらば飲み込もうとしていたと忠次が以前言っていた。

西次郎の親分が病で死んで、西次郎が跡目を継いだ。そして、西次郎一家に名前を改めたと聞いている。

「あのふたつの組が揉めていたら、お前さんが喜ぶと思っていたんだがな」

忠次は冗談とも本気とも取れるような曖昧な言い方をした。

「まさか、何を言っているんですか」

西次郎は笑い飛ばした。しかし、忠次の目は相変わらず鋭く光っている。西次郎は真面目《まじめ》な顔つきに戻り、

「出来ることであれば、ふたつの組が仲良くしてくれるのを願うばかりですよ」

と、白々しく言った。

もしかしたら、このふたつの組の対立の裏には、西次郎一家がいる。今まであったら気の優しそうな親分としか思わなかったが、いまとなっては隅に置けない男に見える。

「大嶋と丸傳の子分たちが組を辞めて、ここに来ているのはどういうわけだ」

忠次がきいた。

「さあ、何ででしょうね」

西次郎は首を傾《かし》げる。

「まさか、お前さんが辞めさせて、子分になるように勧めているわけじゃねえのか」

忠次は疑った。

「飛んでもない！」

西次郎が大袈裟に否定して、

「さっきも言ったように、常吉とも傳兵衛とも仲が良かったんですからね」

と、強調した。

「本当か？」

忠次は訝《いぶか》しむようにきいた。

「ええ、常吉とは若い頃、小伝馬町の牢屋敷で同じ牢《ろう》に入れられて、臭い飯を喰《く》った仲です。傳兵衛とは、まあ、親分の前で言うのも決まりが悪いですが、よく一緒に賭《と》場《ば》でいかさましたり、吉原《よしわら》で女をひっかけたりと悪い遊びをしていた仲ですよ」

西次郎はにべもなく、言い放った。

「でも、シマを巡るいざこざはあっただろう？」

忠次はすかさず指摘する。

「まあ、互いの子分たちが手を付けられなくて、喧嘩《けんか》に発展することもありましたが、あっしは友達のシマを奪おうなんて気はさらさらないんで。いつも話し合いで解決していましたよ」

西次郎は平然と言った。だが、忠次はどこか訝しんでいるようだ。辰吉も西次郎が話し合いで解決したということに引っ掛かる。

西次郎は大嶋組と丸傳一家とどちらとも仲良くしているように見せて、隙あらばシマを取ろうとしているのではないか。

忠次は西次郎の話を頷きながら聞きいっているが、訝しむような顔つきを崩さない。

西次郎はしびれを切らしたのか、

「親分はもっと他のことを探りにきたんでしょう」

と、口にした。

忠次は西次郎を黙って見ている。そして、少し間を置いてから、

「ああ、常吉と傳兵衛の殺しの件だ」

と、あっさりと言った。

「ふたりが死んで喜ぶとお思いで？」

西次郎が忠次を見て、不敵に笑う。

「そうだ」

忠次は頷いた。

「でも、そもそもは大嶋組と丸傳一家が揉めているんですよ。あっしがいなくたって、喧嘩は絶えません。傳兵衛は常吉のことを何度も襲っているそうですしね。あの殺しだって、丸傳の誰かが常吉を殺して、その仕返しに傳兵衛が大嶋組に殺されたと考えるのが普通じゃありませんか」

西次郎が真っすぐな目を向けてくる。

「まあ、普通に考えればそうだな。だが、どちらも下手人と思われるのが背の高くて、細身の男なんだ」

「背が高くて、細身の男なんて少なくありませんよ。うちにだって、何人かいますし

ね」

「ああ、だからだ」

「噂《うわさ》では、源五に疑いが掛かっているって」

西次郎が低い声で言った。

「よく知っているな」

「こういうことは、すぐに耳に入ってきますからね。それに、近ごろこいつが見張っているのも知っていましたよ」

西次郎が辰吉をじろりと見る。

「えっ……」

辰吉は気づかれていないと思っていただけに驚いて、心の臓を打つ脈が速くなった。

西次郎は顔を忠次に戻し、

「もしかして、ここに源五がいないか探ろうとしているんじゃありませんか」

と、見越したように言う。

「いや……」

忠次は少し考えてから、

「まだ下手人が源五と決まったわけじゃねえ。だが、どちらの殺しでも背の高い男であることには変わりねえ。ここで源五が匿《かくま》われているなら話が早いが、まだ他の者ってことも捨てていない」

と、言った。

「じゃあ、早い話が背の高い子分を確かめたいってわけですね」

西次郎は笑顔を絶やさずに言う。

「ああ、そうだ」

忠次が重たい声で認めた。

「先に言っておきますけど、源五はここにはいませんよ。嘘だと思うなら、探してもらってもかまいません」

西次郎は自信に満ちた声で言う。

「いや、お前さんがそこまで言うなら」

忠次は源五についてそれ以上追及しなかった。

「他の者たちからは話をききますか？」

西次郎が確かめてきた。

「ああ、一応な」

忠次は答える。

「わかりました。でも、ここだと誰か来たときに邪魔になりますんで、奥の部屋でもいいですか」

「ああ、構わねえ」

忠次が頷くと、

「では、こちらへ」

西次郎は忠次と辰吉を奥の部屋に連れて行った。この間、辰吉が徳三郎に会うときに通された部屋より二回りくらい大きな部屋であった。

「すぐに連れてきますんで、少しお待ちください」

西次郎は部屋を離れた。

「親分、西次郎は協力的ですがどういうことですかね？」

辰吉は小声できいた。

「もしかしたら、ここには源五はいないのかもしれねえな。まあ、でもこれで引き下がったら、なんか決まりが悪いからな。一応、他の背の高い子分たちも調べてみたいとは言ってみたが……」

忠次は西次郎にしてやられたように、顔をしかめた。

やがて、背の高い男たちが三人現れた。その中に、徳三郎もいた。

「そういや、お前さんも以前は丸傳にいたんだな」

忠次が徳三郎を見て、思い出したように言った。

「ええ、いまはこちらでお世話になっております」

徳三郎が軽く頭を下げて答える。

「どうして、丸傳を辞めたんだ?」

「色々ありまして……」

「丸傳の子分たちが西次郎一家に来ているけど、まさかお前が引っこ抜いているんじゃないだろうな」

「そうじゃありませんよ」

徳三郎は否定した。

それから忠次は他のふたりに目を向け、

「お前さんたちは元日何をしていたんだ」

と、率直にきいた。

「あっしらはずっとここにいて、ここで新年の挨拶《あいさつ》に来る客の世話をしていました」

年長の者が答える。

「そんなに客が来るのか?」

忠次はきき返した。

「ええ。商売の関係だけじゃなくて、近所の者たちもやってくるんです」

年長の者が言う。

「じゃあ、西次郎一家は皆、ここにいたんだな？」

忠次が確かめると、三人とも首を縦に振った。

「そうか」

忠次は頷き、

「邪魔をして悪かった」

と、西次郎一家を離れた。

門の外に出て、裏手にある草履《ぞうり》問屋に入った。そこで、四十過ぎの主人に向かって、

「俺《おれ》は通油町で岡《おか》っ引《ぴ》きをやっている忠次って者だが、正月、西次郎一家に挨拶に行ったか」

忠次が確かめた。

「ええ、この辺りの人たちは皆伺っていると思いますよ」

「なぜ、そんな挨拶に行くんだ？」

「揉め事があったら助けてくれるんで」

主人が答える。

それだけ聞くと、忠次は主人に礼を言って、その場を離れた。

「他にも聞いて回りますか？」

辰吉は忠次に確かめたが、

「いや、もう行かなくていい。まあ、元々は源五を探しに来たんだ。それより、ちょっと気になったんだが」

と、忠次が神妙な顔をする。

「なんです？」

「『武蔵屋』の女中の話だと、下手人は小指がピンと立っていたと言っていたな」

「ええ」

「さっき、徳三郎の小指が立っていたような気がしたんだが」

「えっ、本当ですか」

辰吉はきき返す。

「いや、わからねえ。注意していなかったんだが、ふとそんな気もしなくはなかった」

忠次は曖昧に答えて、

「俺の見間違いかもしれねえが」

と、付け加えた。

辰吉はふと、徳三郎のことを考えた。

もしも、源五が下手人でないとしたら、徳三郎ということも考えられるのか。

つまり、西次郎が徳三郎を使って、常吉を殺させたのだろうか。西次郎が素直に徳三郎に会わせたのは、疑いをかけさせないためとも考えられる。

そのことも念頭に置いて探索を続けようと思った。

三

朝方はすっかり冷え込んで雪催《ゆきもよ》いであったが、昼近くになると晴れ間が見えてきて、春を感じる陽気であった。

辰吉は常吉、傳兵衛殺しの探索で東奔西走していた。

西次郎一家を訪ねてから、辰吉の考えが少し変わった。

今までは大嶋組と丸傳一家が争っている間に、西次郎一家が勢力を伸ばしていて、常吉と傳兵衛のどちらの親分の殺しも西次郎一家が源五を送り込んで殺したものかと考えていた。

だが、西次郎の言っていることは偽りがなさそうだ。

そもそも西次郎程の力を持ってさえすれば、ふたりの親分を殺す必要もないはずだ。

ただ、源五は『武蔵屋』の近くで見られているのだ。

源五と西次郎は関係ないのではないか。

あれは本当に源五だったのか。雪の日だったし、笠を被っていたら源五だと錯覚するかもしれない。

辰吉はもう一度『武蔵屋』に行き、

「元日、殺しのあった少し前に、あなたが見たのは本当に丸傳一家の親分の用心棒の源五でしたか」

と、確かめた。

「笠を被っていましたが、空を見上げた時に顔が見えたんです。その時ちゃんと顔を見たので、間違いないです」

番頭は自信を持って言った。

辰吉の今までの経験では、思い違いをしている人は多い。そういう人たちはわざとではなく、本当に思い込んでいるのだ。

ただ、源五が下手人にしろ、そうでないにしろ、今まで用心棒だったのに急に姿を眩《くら》ましたことに違和感がある。

もし、源五がいれば、傳兵衛だって殺されなかっただけに、やはり何かふたつの殺しに源五が関わっている気がする。

そこで、源五の行方《ゆくえ》について聞きだすために、もう一度丸傳一家を訪ねてみた。

しかし、門先でたまたま近くにいた磯太郎に、

「源五は故郷に帰っていて、いまはいないと何度も言っているじゃありませんか」

と、怒り気味に言われた。

そして、また体の大きな子分たちが辰吉を取り巻き、無言の圧力をかけて追い出されてしまった。

辰吉は無力さを感じながらも、子分以外の者で丸傳一家に出入りする者にきけば、何か得られるかもしれないと張り込みをした。

しばらく張り込みを続けていると、三十過ぎの色の黒い男が入って行った。それから、少しして門から出てきて、「屑《くず》ぃ、屑ぃ」と声をあげて歩き出した。

辰吉はその男の後を尾《つ》けて、丸傳一家から少し離れたところで、

「すみません、屑屋さん」

と、後ろから声をかけた。

「はい」

屑屋は立ち止まり、振り返りながら天秤棒《てんびんぼう》を下ろした。辰吉を見ると、客じゃないと思ったのか、

「なんでしょう？」

と、不思議そうに見てくる。

「あっしは通油町の忠次親分の手下で辰吉といいまして」

辰吉は名乗ってから、

「さっき丸傳一家から出て来ましたけど、あそこにはよく来られるんですか」

と、きいた。

「はい。よく紙屑を買い取らせて頂いております」

「じゃあ、あそこにいる子分たちの顔とか名前も知っていますか」

「ええ、大体はわかります」

「では、源五という男は？」

「もちろん知っていますよ。親分さんの用心棒の方ですね。いつも無口で、ちょっと恐《こわ》い感じがしていました」

「源五は最近見かけますか？」

「そういえば、見かけないですね。どうしたんでしょう。もしかして、あの事ですかね……」

屑屋に何か思い当たることがあるようだ。

「あの事っていうのは？」

辰吉はすかさずきいた。

「ひと月くらい前のことなんですけど……」

屑屋はそう言いかけておきながら、

「いや、もしかしたら人違いかもしれません」

と、言いよどんだ。

「構わないので教えてください」

辰吉は促した。

「もし、違ってもあっしのせいにしないでくださいよ」

屑屋はそう釘《くぎ》を刺してから、

「十二月の初め、あっしは傳兵衛親分が殺された翁稲荷の近くの裏長屋に住んでいるのですが、ある日の薄暗くなった時分、いつものように仕事を終えて帰ろうと翁稲荷の傍《そば》を通ったら、石鳥居から源五さんによく似た風貌《ふうぼう》の男が出てきて、肩がぶつかったんです。咄嗟に謝りましたが、相手は何も言わずに足早に去って行ったんです。その後、稲荷の石鳥居をくぐってみると、殴られたのか横綱の手柄若がお腹《なか》を押さえながら、うずくまっていたんです」

と、語った。

「え？　手柄若？」

辰吉は思わず声が大きくなった。

そういえば、源五の妹のお竹が、「手柄若関のことは兄のせいじゃない」と言っていたのを思い出した。

「それで、あっしが手柄若を自分の裏長屋で手当してやろうとしたんです。でも、手柄若はすぐに起き上がって、このことは黙っていてくれと言ってそそくさと帰って行きました。怪我の具合はわかりませんが……」

只事《ただごと》ではない、と思った。襲われたことを誰にも言わないでくれということは、どういうことなのであろうか。

以前、おりさが働いている『川萬』の二階で、『鳥羽屋』の旦那《だんな》の清吉と手柄若が一緒にいた座敷を思い出した。その時の手柄若は引退すると言い、今にも死ぬような者の顔であった。

もしかしたら、手柄若が襲われたことと、引退するということは何か関係があるのではないか。そして、源五もそこに関わっているのか。

源五が独自で手柄若を襲ったのか。それよりも、傳兵衛の指示だったと考える方がしっくり来る。

手柄若が襲われたことと、常吉、傳兵衛殺しが何か関連があるのだろうか。

「ちなみに、源五さんを見かけなくなったのは、その時分からだったと思います。一度、親分さんに源五さんはどうしたのかきいたことがあったんです。で、故郷に帰っているとか言っていましたかね」

屑屋は答えた。

磯太郎が言っているのと同じだ。すると、源五は本当に故郷に帰っているのだろう。では、なぜ帰ったのだろうか。もしかしたら、手柄若を襲ったことと関係があるのか。

「それより、親分の傳兵衛とも話すんですか？」

辰吉は、ふと気になってきいた。

「ええ、親分さんには随分親切にしてもらっていました」

「親切？」

「よく部屋に招かれては、お茶やお菓子を出して頂いたんです」

「どうして、傳兵衛がそんなことをするんでしょうね……」

辰吉は自然と腕を組んで考えた。

「おそらく、あっしから他の組のことを聞きだしたかったんだと思います」

「他の組というと、たとえば？」

「よく聞かれたのは、大嶋一家です」

屑屋は答えた。

「大嶋組にもよく行かれているのですか？」

辰吉は確かめた。

「ええ、よく使ってもらっていますので。大嶋組との付き合いの方が古いですよ。それこそ、まだ傳兵衛親分が大嶋一家にいるころから知っています」

「なるほど、それで……」

「はい。元々、あっしは常吉親分と仲が良かったんです。まだ傳兵衛親分が大嶋組にいた時にはそんなに親切にされませんでした。それが急に、親切になりましたから、あっしから色々大嶋組のことを聞きだしたかったんでしょうね」

「どういうことを訊《き》いてくるんですか？」

「新しい子分が入っていなかったかとか、どんな商人が出入りしているかとか、用心棒は付けているかとかそんなことです」

大嶋一家の親分の常吉の行動を探って、襲う時に役立てようとしたのではないか。

辰吉は相槌《あいづち》を打ちながら話を聞いていると、屑屋はさらに続けた。

「でも、あっしだけじゃなくて、他にもそういうことを聞かれている出入りの者は多いようです」

屑屋はそう言ってから、

「傳兵衛親分は大嶋組が殺《や》ったんでしょうか？」

と、食い気味にきいてきた。

「いえ、まだ探索中ですので」

辰吉は誤魔化した。

すると、屑屋は不安そうな顔で、

「もし、大嶋組が殺したとしたら、常吉親分の仕返しなんでしょうかね」

と、細い声を出す。

「それもどうかわかりません」

辰吉は否定した。それから、礼を言って屑屋と別れると、大富町の実家に向けて歩き出した。冷たい中にほんのりと暖かさのある陽《ひ》が差していた。

大富町の浅蜊河岸に辿り着いたころには、昼九つの鐘が本石町《ほんこくちょう》の方から聞こえてきた。

辰吉は実家の薬屋『日野屋』の裏口から入り、居間へ向かった。

妹の凜が三味線《しゃみせん》を弾いており、辰五郎の姿はなかった。

「親父は？」

辰吉がきくと、

「いまお客さんが来ているから、応対をしているのよ」

凜は手を止めて答えた。

「そうか」

辰吉は腰を下ろした。

凜は妙に改まった顔をして、

「兄さんはおりささんとはどうなの？」

と、きいてきた。

「何だよ急に」

「どうなのかなって気になって。だって、兄さんも忙しいのに、おりささんと会っているんでしょう？　おりささんが言っていたわよ」

凜がにやにやしながら言う。

「まあな。でも、最近どこかに出掛けていねえから、おりさも不満がっているんじゃねえかと思っているけど」

「そんなことないわよ」

「どうしてだ」

「おりささん言っていたもの。忙しいのに、会えるだけで嬉しいって」

「本当か？　俺にはそんなこと言ってくれねえけどな」

辰吉は照れを誤魔化すように俯《うつむ》いた。

「そりゃあ、おりささんだって奥手な方だから、そんなこと面と向かって言えないんでしょう。でも、おりささんは兄さんとこれから先のことを考えていると思うな。いや、絶対そうよ」

凜が決めつけた。

「いや、まだ出会ってから一年も経っていねえから、そこまではわからねえ。この前、圓馬師匠に初めのうちは誰でも浮かれているが、三年も一緒にいれば、相手に飽きがくるって」

辰吉は急に思い出して答えた。

「圓馬師匠の言うことなんか当てにならないじゃない。あの人はやもめだし、ちょっとひねくれているからそんなことを言うのよ」

「まあ、師匠のことだからな。でもな……」

辰吉は言いよどんだ。

「でも、なに？　もしかして、兄さんはおりささんと上手《うま》くいかないと思っているの？」

「まさか！　そんなんじゃねえが」

辰吉は思い切り否定してから、

「おりさの気持ちがわからないんだ。あそこは両親が複雑だったから」

と、小さく答えた。

「なに、言っているの。大丈夫よ」

凜は言い切った。

「そうかな」

辰吉は首を傾げた。

「そうよ、じゃなきゃ、お父《とっ》つぁんにも会いに来ないでしょう」

「まあな」

辰吉にはおりさの気持ちがわからなかった。一緒にいるときには楽しそうにしているが、本当にこれからも変わらないのか、心配になる時もある。

「兄さんの気持ちはどうなのよ。おりささんと添い遂げたいと思っているの」

凜が問い詰めるようにきいた。

「そりゃあ……」

辰吉は濁した。

おりさと一緒になりたいに決まっている。だが、改まってそんなことを口にするのは小恥ずかしい。

「とにかく、おりささん程好《い》い人は他にいないわよ。兄さんに勿体《もったい》ないくらいよ。だから、絶対一緒になってね」

凜が笑顔で頼んできた。

「ああ、そうだな」

辰吉は軽く頷いた。

そんな時、廊下から足音が聞こえてきて、居間に辰五郎が入って来た。

「来てたのか」

辰五郎が言うと、

「親父、手柄若のことでちょっと耳に入れたいことがある」

辰吉は即座に発した。

「なんだ？」

辰五郎は腰を下ろし、煙管《きせる》を取り出す。

「手柄若のことだ。引退のことと関係があるかははっきりしないけど、十二月の初め頃、手柄若が元四日市町の翁稲荷でうずくまって倒れていたようだ。屑屋の男が助けようとしたんだが、手柄若は手当もさせないで、誰にも言わないでくれと頼んで帰って行ったそうだ」

辰吉はそう言い、ひと呼吸ついてから、

「屑屋が手柄若を見つける直前、翁稲荷の鳥居の外で丸傳一家の用心棒の源五って男と肩がぶつかったそうだ。もしかしたら、源五がやったということも考えられる」

辰吉は淡々と説明した。

「手柄若が殴られてうずくまるというのは、源五って奴《やつ》は相当腕っぷしが強いんだな」

「ああ、かなりのものだそうだ」

辰吉は源五について話してから、

「実は、そいつは常吉殺しでも疑われていて、傳兵衛殺しにも関わっているかもしれねえんだ。丸傳一家で常吉を殺せるのは、源五しかいねえと多くの者が思っている」

と、言った。

「源五はどんな見た目なんだ」

辰五郎がきいてきた。

「俺もよくわからねえが、細身で背が高いようだ」

「背が高い男か……」

辰五郎は心当たりがあるような顔をした。

「どうしたんだ」

辰吉は辰五郎の顔を覗《のぞ》き込むようにしてきいた。

「いや、俺も手柄若のことを調べていて、背が高くて、きりっとした目の男が十二月に二回手柄若の元を訪ねているっていうんだ」

「じゃあ、もしかしたら、その男が源五ってことも考えられるかな」

「ああ、そうだな。でも、源五は何で手柄若を襲ったんだ」

辰五郎は腕を組んで考え込む。

「それはわからねえが、その原因が何かふたりの親分殺しと繋《つな》がっている気がしなくもねえ」

「もし、源五との揉め事が原因だとしたら、それを解決すれば、手柄若は引退を取りやめるかしれねえな」

辰五郎は自らに言い聞かせるように頷き、

「とりあえず、探ってみる。手柄若はいま神田紺屋町の『井上屋』という旅籠《はたご》にいるんだ」

と、言った。

辰吉は源五と手柄若の関係は辰五郎に任せるとして、手柄若とふたりの親分が殺されたことが何か関わっていないか探ってみようと考えた。

四

三味線の音が止《や》んだ。

「はい、今日はここまで」

という小鈴の声が聞こえて、すぐに若い女の弟子が部屋から出てきた。弟子は辰五郎を見るなり、軽く頭を下げて土間の方に向かって行った。

「師匠、邪魔するよ」

辰五郎は部屋に入った。

「親分」

小鈴は辰五郎を見て、先日、『井上屋』で出くわしたことを思い出したのか、気まずそうな顔をしている。

「凛ちゃんなら、今日は稽古《けいこ》じゃないよ」

小鈴が誤魔化すように言う。

「いや、手柄若のことできき に来たんだ。ちょっといいか」

辰五郎は確かめた。

「ええ……」

小鈴は目を逸《そ》らして頷いた。

辰五郎は小鈴の正面に座ると、

「お前さん、手柄若が襲われたことを知っているか」

「えっ、襲われた？」

小鈴は声を上げた。本当に知らないのか、眉間《みけん》に皺《しわ》が寄り、顔が強張《こわば》っている。

「十二月の初め頃らしい。翁稲荷でうずくまっていたそうだ」

「誰に襲われたんです？」

小鈴は身を乗り出すようにきいた。

「わからねえが、源五という丸傳一家の用心棒かもしれねえ」

「源五……」

「手柄若からその名前を聞いたことはねえか」

「いえ」

小鈴は小さく首を横に振った。

「お前さんにも言っていねえのか」

辰五郎は独り言のように呟《つぶや》いた。

「親分、まだ勘違いしていらっしゃるようですが、あの人と私は何もないですよ」

小鈴は惚《とぼ》ける。

「そうか」

辰五郎は相槌を打ちながら、

「もしかしたら、手柄若が襲われたことが、常吉と傳兵衛殺しに関わっているかもしれねえと辰吉が言っていた。だから、師匠と手柄若の関係はどうでもいいが、もし手柄若が襲われたことや源五について何か知っていることがあったら、隠さずに教えて欲しい」

と、真剣な目で訴えた。

「まさか、あの人とふたつの殺しが関係あるなんて……」

小鈴は信じられないといった表情で考え込んだ。

辰五郎はしばらく小鈴を正面から見てから、

「何も思い当たる節はねえか」

と、確かめた。

「源五という男かどうかはわかりませんが、見かけない顔の男が手柄若関の家を訪ねてくるのを見たことがあります」

「それはいつのことだ」

「たしか、十二月八日だったはずです。事始めの日でしたから、覚えています」

「手柄若の家だな」

「はい……」

小鈴は気まずそうに頷いた。

「その男は背が高くなかったか」

「ええ、親分よりも頭ひとつ大きいくらいで」

「やはり、そうか。そいつが源五だ」

辰五郎は決めつけた。源五が手柄若を襲ったに違いない。だが、手柄若は怪我をしているようには見えなかった。それに、もしも怪我をしていても、治ればまた相撲《すもう》を取ることができる。

「手柄若にその男は誰か確かめなかったのか」

「まあ、色々な付き合いがあるんだろうと思いましてね。でも、手柄若は怪我をしていませんでしたよ。襲われたというのは、勘違いなんじゃないですか？」

「いや、手柄若は苦しそうにしていたらしい」

「だとしたら、おかしいじゃないですか」

「手柄若が無理をしているとか……」

「それなら、すぐにわかります。やっぱり勘違いです」

小鈴はきっぱりと言った。

辰吉の話では、手当をしようとした屑屋に、誰にも言わないように釘を刺し、帰って行ったという。

だが、襲われていないというのには、どうも納得できない。

襲われたけど、怪我はしていなかったということか。

「お前さんは手柄若の引退について、本当に何も知らないのか」

「ええ」

小鈴は小さく頷いた。

嘘をついているようには思えない。だとすると、小鈴にも隠しているのだろう。

それは一体なんだろうか。

手柄若にきいてもわからないだろうし、付き人の北島も知らない。あと、知っているものといえば……。

ふと、ひいき筋の『鳥羽屋』の清吉が浮かんだ。

辰五郎は清吉を訪ねてみようと、小鈴に別れを告げて家を出ると、『鳥羽屋』のある神田紺屋町に向けて歩き出した。

辰五郎が『鳥羽屋』に着いて清吉を呼び出したが、

「すみません。生憎《あいにく》旦那さまは出かけておりまして、奥でお待ちいただけますか」

と、番頭に連れられて、奥の十畳間に通された。

番頭は気を遣《つか》って茶と菓子を持ってきて、

「こちらで、もうしばらくお待ちください」

と、部屋を去って行った。

掛け軸や床の間の花瓶など、全《すべ》て渋い趣味だが、滅多に目に掛けられないような高価な代物だ。

三代目というと、ぼんくらのように思われるが、清吉は違う。

堅物で仕事一辺倒の初代と、派手好きで皆から憧《あこが》れられる遊び人の二代目の良い所を取り入れている。だから、人当たりはいいのに、てきぱきと仕事ができる。それで、『鳥羽屋』がますます繁栄しているのだろう。

そんなことを考えていると、がらりと襖《ふすま》が開いた。清吉が立っている。

「親分、ご無沙汰《ぶさた》しております。どうかされたんですか？」

清吉が辰五郎の正面に座った。

「うむ、手柄若のことだ」

辰五郎は切り出した。

「あいつはもう引退の意思を固めて、きっと心変わりはしないでしょうね。本当に惜しい横綱なんですが……」

清吉は悔しそうに言った。

「あいつが十二月の初旬に襲われたことは知っているか」

「えっ？　手柄若が襲われた？」

清吉は顔の色を変えた。

「そうだ。しかも襲ったのは、丸傳一家の源五だという」

「源五が？」

清吉はさらに驚いたように言う。

「手柄若はお前さんにも言っていなかったのか」

「ええ、何も聞いていません。それでは、引退と言い出したのは、その怪我のこともあってですかね」

清吉は思いつくように言った。

「そこまではわからねえが、それは十分に考えられる」

「でも、一体どうして襲われたんですか」

「それがわからねえんだ」

辰五郎は首を傾げた。

「そうですか。あのお竹の兄の源五が……」

清吉は考えるようにして言い、

「もしかして、あのことですかね」

と、独り言のように呟いた。

「何か思い当たることがあるのか」

辰五郎はすかさずきいた。

「ええ、あれはたしか十一月の終わりです。お竹が自分の兄と手柄若を会わせて欲しいとやって来たんです。どういうことかと思って聞いてみてもわかりませんでしたが、手柄若を引き合わせるくらいならどうってことはないと思って、源五さんにも、手柄若にもうちに来てもらったんです」

「源五はどんな話をしていたんだ」

「さあ、私は途中で失礼したので、その時に何を話し合っていたのかわかりません」

清吉は首を横に振る。

「でも、お前さんに頼むくらいだから、それ以前に手柄若と源五の関係はなかったんだな」

辰五郎は確かめた。

「ええ、きっとそうでしょう」

「源五は何のために、手柄若に会いに来たんだ」

辰五郎は腕を組んで考えた。

「さあ、それがわからないんですが、私はてっきり、傳兵衛親分からの伝言だとばかり勝手に思っていました」

「傳兵衛からか……」

辰五郎はそう呟いたが、すぐにそれはないと思った。

もしも、傳兵衛が手柄若に伝えたいことがあれば、手柄若を丸傳一家に呼ぶはずだ。そうしなかったというのは、丸傳一家の用事ではない。

だとしたら、どんな用だろうか。

辰五郎はふたりにはそれぞれ隠さなければならない事情があるように思えた。

五

ぐずついた雲が江戸の町を覆っている。風が吹くと冷たいが、雨雲ではなさそうだ。

昨日の夜、辰吉はおりさと芝居を観に行きたいと忠次に言ったところ、快く承諾してくれた。

五つ（午前八時）過ぎ、辰吉は日本橋田所町の『川萬』におりさを迎えに行った。辰吉はその姿を見るなり、おりさに駆け寄って、

外は寒いというのに、おりさは手を擦《こす》りあわせながら、外で待っていた。辰吉はその姿を見るなり、おりさに駆け寄って、

「中にいたらよかったのに」

と、声を掛けた。

「だって、楽しみで待ちきれなかったんだもの」

おりさは無邪気に言う。

ふたりは肩をくっつけるようにして、歩き出した。

「常吉親分と傳兵衛親分の殺しの件で、何か進展はあった？」

おりさがきいてきた。

「ふたつの殺しで下手人かもしれない源五っていう男が、手柄若を襲っていたことがわかったんだ」

「えっ、どうして手柄若さんを？」

「それはまだわからねえ。だが、もしかしたら、ふたつの殺しと繋がっているかもしれねえと思っている」

「そういえば、源五って男のことを清吉さんも言っていたっけ」

おりさが思い出すように言う。

「清吉？」

「ほら、『鳥羽屋』の旦那よ。最近、ひとりでよく来るの」

「ああ、あの人か。ひとりで来るとは珍しいな。まあ、いつも一緒だった手柄若も引退を決めて、旦那との付き合いを断っているのかもしれないな」

辰吉は頷いた。

ふたりはやがて、両国広小路にやって来た。

まだ昼前だったが、いつもながらの黒山のひとだかりで、方々から色々な商いの声が飛び交っている。食物屋のほかに、大道商人や大道易者の店も出ていて、どこも混んでいた。

その中でも、『真勢流本筮易《ませりゅうほんぜいえき》』という旗が立てられた大道易者の元に大勢の人が列をなしていた。

「ねえ、私たちも占ってもらいましょう」

おりさが笑顔を向けてきた。

「え？　混んでいるし……」

「いいじゃない。まだ芝居が始まるまでかかりそうだし、そんなに長いことかからないわよ」

おりさが手を引っ張った。辰吉はそのまま列に並ばされた。

「たしか、この易者先生はすごく当たるというので、最近巷《ちまた》で有名だそうなの。私も一度占ってもらいたいと思っていたところなの」

おりさが声を弾ませて言う。

「そういう流行《はや》りをよく知っているな」

辰吉は感心して答えた。

「色々な人が言っているんだもの。だって、『鳥羽屋』の清吉さんだって、この先生に占ってもらったみたいだもの」

「へえ、あの旦那がね……」

辰吉は呟いた。

「どんなこと占ってもらう？」

「そうだな。やっぱり、俺たちのことかな」

「あっ、私もそう思っていたの」

おりさが嬉しそうに言う。

そうこうしているうちに、辰吉とおりさの番になった。易者は白髪交じりで、仙人のような長い顎鬚《あごひげ》を蓄えていた。手には筮竹《ぜいちく》を持っている。

辰吉は見料を払って易者の前に腰を下ろすと、

「さて、何を占おうか」

易者が物々しく言った。

「私たちのこれからの事を占ってください」

おりさが言った。

「よかろう」

易者は筮竹をまとめ、下のほうを左手で持ち、右手で筮竹の真ん中あたりに手を添えた。そして、目を瞑《つぶ》ってから、右手で一本を抜きとり、筮筒に立てる。残っている筮竹を持ち、扇状に開いた。そして、さらに残りの筮竹を右手親指でふたつに分けた。その中からさらに筮竹を何回にも分けて取り出し、難しい顔をして、辰吉を見た。

「どうですか？」

おりさが身を乗り出すようにしてきいた。

「うーむ、あまり良くないな」

易者が首を捻《ひね》る。

「良くない？　どういうことです」

辰吉がきいた。

「ふたりとも手を拝借させてもらう」

易者は促した。それから、天眼鏡を右手に持ち、まず辰吉の手相を見てから、次におりさの手相も見た。

「やはり、良くない。特にお前さんが仕事のことで相手を不仕合せにさせる」

易者は辰吉に人差し指を突きつけた。

「なに、不仕合せにさせるだと？」

辰吉はムッとして言い返した。

「そうだ」

易者は堂々と頷いた。

「そんなことありません」

おりさも怒ったように言い放ち、

「辰吉さん、行きましょう」

と、立ち上がった。

辰吉とおりさはその場を離れた。

「ごめんなさい。変な人だったわね」

おりさが謝った。

「いや、俺は元から易者なんか信じねえから。まあ、それにしてもあんなインチキに皆よく耳を傾けているぜ」

辰吉はさっきの易者を振り返り、

「それより、まだ芝居が始まるまであるから、先に飯でも食って行こうか」

と、言った。

「うん、お腹空《す》いたわね。何食べましょうか」

「そうだな」

辰吉は辺りを見渡すと、近くの小さなおでん屋台からさかんに湯気が立っていた。甘辛い汁の匂《にお》いが鼻をくすぐる。二人組の男がいるだけで、まだ入れそうだ。

「そこにしよう」

辰吉はその屋台に決めた。

屋台に入り、ふと、先客の二人組の客を見ると、ひとりは面長の顔には不釣り合いなほど鼻が大きい男で、もうひとりは猪首《いくび》の厳《いか》つい顔の男であった。ふたりとも鋭い目でどこか一点を見つめていた。

男たちの視線の先は隣の屋台の蕎麦屋《そばや》で、背の高い鼻筋の通っている苦味走った浪人が蕎麦を食べていた。

「辰吉さん、どうしたの？」

おりさが不思議そうにきいた。

「いや、何でもない」

辰吉はおりさに顔を戻して答えたが、男たちが気になって、再び背の高い男を横目で見た。

「何を食べようかしら」

おりさがぐつぐつと沸いている鍋《なべ》の中を覗き込みながら呟いた。

「俺はおりさちゃんと一緒のものにするよ」

辰吉は男たちに気を取られながら返事をした。

「じゃあ、こんにゃくと大根と……」

おりさが食べたいものを挙げる。

背の高い男を見てみると、蕎麦屋を出た。

男たちは慌てて銭を置き、「釣りはいらねえよ」と言っておでん屋を飛び出した。

辰吉は只事ではないと感じ、

「すまねえ、おりさちゃん。すぐ戻ってくる」

と言って、おでん屋を離れた。

「ちょっと、どこへ行くの」

おりさの声が背中に聞こえるが、自然と足が男たちを追っていた。

男たちは浅草橋《あさくさばし》を渡って、御蔵前《おくらまえ》を通り、並木町《なみきまち》に入った。そして、雷門《かみなりもん》の前を横切る通りに入り、田原町《たわらまち》の方へ進んだ。

辰吉が追っているのに男たちは気づいていなかった。だが、男たちが追っている浪人は商家の軒下を行くかと思うと、往来の真ん中に出たりして、どうやら追手に気が付いているようにも見える。

それから、浪人は東本願寺《ひがしほんがんじ》の土塀に沿って歩いた。

辺りには誰もいない。

どこからか烏《からす》の鳴き声が聞こえてくる。

浪人は歩調を緩めた。すると、男たちがぐんぐん距離を詰めた。

辰吉も物陰に身を隠しながら、見失わないように尾けて行った。

突然、浪人が立ち止まった。

その時、ひとりが浪人に向かって駆け出した。

浪人は咄嗟に振り返り、男の腕を取って投げ飛ばす。すぐにもうひとりが懐《ふところ》から匕《あい》首《くち》を取り出し、浪人に襲い掛かった。

「危ない！」

辰吉はそう叫んで物陰から飛び出した。

浪人は辰吉の言葉を聞いたからなのか、身を軽く躱《かわ》して、匕首を奪い取った。

男たちはそそくさと逃げ去った。

辰吉はその浪人の元に辿り着き、

「怪我はありませんでしたか」

と、声をかけた。

「ええ、あれくらいどうってことない」

浪人は余裕な様子で言い、

「そなたは？」

と、不思議そうにきいてきた。

「あっしは通油町の忠次親分の手下で辰吉と言います。ちょっと、さっきの奴らの様子がおかしかったので尾けていたんです」

辰吉は答える。

「あいつらは一体何者なんだ」

「見かけない顔です」

「そうか」

男は顔を強張らせて頷いた。

「失礼ですが、あなたのお名前は？」

辰吉はきいた。

「村木《むらき》だ」

「村木さま。下のお名前は？」

「源五だ」

「源五……。もしかして、丸傳一家にいた？」

辰吉は、はっとした。

「そうだが」

源五は驚くように言う。

もしかしたら、大嶋組の手の者が常吉殺しの復讐《ふくしゅう》で襲ったのかもしれない。

「襲われたことに心当たりはありませんか」

辰吉はきいた。

「いや……」

源五は少し考えるようにして首を横に振った。

「本当ですか？　少しでも何かあれば教えてください」

「わからぬ」

源五はきっぱりと否定した。

辰吉は源五の顔色を窺《うかが》うようにしてから、

「村木さまはいまどちらにお住まいで？」

と、きいた。

「すぐ近くだ」

「おひとりで？」

「ああ」

「丸傳一家を辞めてから、そっちに引っ越したんですか」

辰吉は探るようにきいた。

「そうだ。いまは坂本町《さかもとちょう》にある道場に誘われて、そこで子どもたちに剣術を教えている」

源五は淡々と答えた。嘘をついたり、誤魔化そうとする気はなさそうだ。

「どうして丸傳一家を辞めたのですか？」

辰吉は率直にきいた。

「……」

源五は答えない。

「何か訳でも？」

「あの親分を見限っただけのことだ。そういえば、傳兵衛が殺されたそうだな」

源五がきいてきた。

「ええ」

辰吉は頷いた。

「下手人は誰なんだ？」

源五が身を乗り出すようにきく。

「まだわかりませんが、常吉親分殺しの下手人と傳兵衛親分を殺した男の特徴が似ているんです。もしかしたら、同じかもしれません」

辰吉は探るように言った。

「同じ者？　まさか……」

源五は驚くように言葉を呑みこんだ。

辰吉は源五の顔色をさらに窺ったが、やはり嘘をついているようには見えない。

「村木さまは常吉親分が殺された元日のことを覚えていますか？」

辰吉はきいた。

「元日か。覚えている」

源五は少し顔を歪《ゆが》めて答えた。

「何をしていましたか？」

「坂本町の家にいたが、妹から文が来て、話したいことがあるから、『武蔵屋』の外で待っていると言われたんで出かけて行ったんだ」

「お竹さんからですか？」

「妹のことも知っているのか……」

源五は驚くというよりかは、むしろ気味悪そうに言った。

「お竹さんは何で村木さまを呼びだしたんですか」

辰吉はきいた。お竹に話をききに行ったとき、源五を呼び出したという話は聞いていなかった。

「さあ、わからぬ。そこに行ったが、お竹は来なかった。あとで聞いたら、お竹は知らないと言っていた」

源五は首をゆっくりと横に振った。

「常吉親分が『武蔵屋』で殺されたのをご存知ですか」

「ああ、後から聞いた」

「下手人は長身の男です」

辰吉は重たい口調で言った。

「なに、わしが疑われているのか」

源五の声が大きくなる。

「そうです。村木さまじゃありませんか。村木さまが番頭に見られたあとに、下手人が『武蔵屋』に乗り込んで、常吉親分を殺したんです」

「わしじゃない。わしはお竹が来ないのでそのまま引き上げた」

源五はきっぱり否定してから、

「そうか、お竹の名でわしを呼び出したのは、わしを嵌《は》めるためだったのか」

と、目を剝《む》いて言った。

「誰が嵌めたか心当たりはありませんか」

辰吉はきいた。

「おそらく……」

源五はそれ以上は口にしようとしなかった。

傳兵衛の殺しのことは置いておいて、「村木さまは手柄若関を襲っていますよね」

と、辰吉は改まった声できいた。

「いや……」

源五は口ごもる。

「丸傳一家に出入りしている屑屋が見たというんです」

「……」

「一体、何のために手柄若関を襲ったんですか？」

「……」

源五は口を噤《つぐ》んだまま答えなかった。

これ以上聞いても、そのことについては何も聞きだせそうなので、

「ところで、丸傳一家を辞めたのはどうしてですか」

と、もう一度きいた。

「傳兵衛親分のやり方についていけなくなったからだ」

「そうですか。傳兵衛親分には、お竹さんの働き口を見つけてもらった恩があると聞きましたが」

「それはあるが……」

源五は苦い顔をして、言葉を濁した。

源五が丸傳一家を抜けたのは、手柄若を襲ったのとほぼ同じ時期だ。

そのことをきこうとしたら、

「もういいか。これから剣術の稽古を付けなければならない」

と、源五は立ち去った。

辰吉は遠のいていく源五の背中を見つめながら、はっとした。

おりさを待たしている。

だが、このことを早く忠次に報《しら》せなければならない。

辰吉は迷ったが、両国広小路に急いで戻った。さっき食べたおでん屋にはおりさの姿はない。

辺りを見渡すと、道端でおりさが頭を下げていた。

その先には、『鳥羽屋』の旦那の清吉がいた。

辰吉はおりさの元へ駆け付けた。

「すまねえ、待たしちまって」

「ひとりで心細かったわよ。私のこと忘れて戻ってこないんじゃないかと思った」

おりさが責めるように言った。

「忘れるものか！」

辰吉は力強く言った。

「そう」

おりさは微笑《ほほえ》んで頷いた。

「そういえば、さっき『鳥羽屋』の旦那がいたけど」

辰吉は言った。

「ああ、清吉さんとは顔見知りだから。いまもたまたま通りがかって声をかけてくれたの」

おりさは何事もないように答えた。

「これから、どうしようか。もう芝居が始まっているけど……」

辰吉はきいた。

「また今度にしましょう」

「そうだな。じゃあ、亀戸天神《かめいどてんじん》まで足を伸ばそうか」

辰吉とおりさは両国橋を渡った。ここを渡れば回向院《えこういん》だ。本来なら、本場所が始まっているが、手柄若の引退騒動で順延されている。もっとも、本場所が始まっていても、女は相撲の観覧はできない。

橋の真ん中あたりに差し掛かった時、

「まあ、綺麗《きれい》」

おりさが声を上げた。

西の方を見ると冠雪した富士《ふじ》が見えた。ふたりは欄干《らんかん》の傍に行き、並んで富士を見つめていた。

第四章　縁談

一

烏《からす》が寂しい鳴き声を上げながら、西の空へ飛んでいく。

夕陽《ゆうひ》がだいぶ落ちていて、『川萬』の裏庭に生えている枯れ枝の影が長く伸びて、辰吉とおりさの間を割くようにも差している。

「じゃあ、またね」

ふたりはそう言って別れると、急に冷たい風が吹き込んで、辰吉の身をぶるぶると震わせた。

辰吉は夕空を見上げながら気持ちを切り替えて、通油町の『一柳』へ足を急がせた。

裏の勝手口から入ると女中がいて、忠次は奥の部屋にいるとのことだった。

辰吉は駆け足で向かい、

「親分、すみません」

と、声をかけて部屋に入った。

忠次は銀煙管《ぎんぎせる》を手にして、思案顔を浮かべていた。

辰吉は忠次の前に座り、

「親分！　源五を見つけました」

と、声を弾ませて伝えた。

「なに、よくやった。詳しく聞かせてくれ」

忠次は煙管で膝《ひざ》を軽く叩《たた》いて言った。

「実は今日の昼間、両国広小路で浪人を尾《つ》けている怪しいふたり組がいて、その後を追いかけました。東本願寺の辺りで二人が浪人に襲い掛かりました。その浪人が源五でした」

辰吉が説明すると、

「で、その男たちは誰《だれ》かわかるか」

忠次は身を乗り出すようにきいた。

「わかりません。源五に簡単に倒されてから、逃げて行きました」

「源五はその男たちを知っているんだろうか」

「いえ、知らなそうでした」

辰吉は首を横に振った。

忠次は煙管を持ったまま腕を組んで、火鉢の中を見つめていた。

そして、しばらく経《た》ってから、

「大嶋組も丸傳一家も、源五をふたつの親分殺しで下手人と決めつけている。どちらかが復讐《ふくしゅう》のために源五を襲ったということも考えられるな」

と、忠次が口にした。

「あっしも、そのことは考えました。ただ、源五には殺しのこと以外にも色々と気になることがありまして」

辰吉はひと呼吸置いてから、

「これは傳兵衛殺しと繋《つな》がっているかもしれませんが、丸傳一家を抜けたのは、傳兵衛を見限ってのことだと言っていました」

と、言った。

「見限っただと？」

「詳しくは教えてくれませんでしたが、手柄若を襲ったことと何か関係があるような気がしなくもないんです」

「手柄若を襲ったことか。何で襲ったかは確かめたか」

「ええ、そのことに関しては何も言ってくれません。黙っているだけで、否定もしませんでしたけど、やはり傳兵衛の指示で襲ったんでしょうね」

「手柄若は襲われたことも否定しているんだよな」

「そうなんです。怪我《けが》をしている様子はないそうですが……」

辰吉は何げなく言うと、忠次の片眉《かたまゆ》が上がり、何か思いついたような顔になった。

「手柄若が実際には襲われていねえということは考えられねえか」

「えっ、襲われていない？」

辰吉はきき返す。

「そうだ。源五と手柄若は口裏を合わせて襲わせたように見せかけたんじゃねえか？」

「どういうことですか？」

「手柄若が翁稲荷でうずくまって倒れていたのも芝居ってことだ」

忠次が答える。

「だとすると、手柄若は何のためにそんなことをしたんでしょう？　見ていたのは丸傳一家に出入りしている屑屋《くずや》だけです」

もしかして、屑屋に見せつけるためか。

傳兵衛は屑屋から他の組のことなどあらゆることを聞きだしていたという。当然、手柄若が倒れていたことも、傳兵衛に伝えているだろう。

辰吉は、はっとして、

「親分！　あれは傳兵衛に源五が襲わせたと思わせるためってことですかね」

と、声を上げた。

忠次は力強く頷《うなず》き、

「まず、手柄若を襲わせたわけを探らないとな」

と、言った。

「わかりました」

辰吉は気負って答える。

「待てよ、ひょっとして、今日の昼間、源五を襲ったのは丸傳一家が雇った何者かということは考えられねえか」

忠次は思いついたように言う。

「丸傳一家が？」

辰吉がきき返した。

「手柄若を襲ったのが芝居だと気付いたんじゃないか」

「確かに……」

辰吉は考えながら答えた。

「源五はいま何をしている」

忠次がきいてくる。

「浅草坂本町の道場で剣術を教えているそうです」

「実際に確かめてみたか」

「いえ、まだです」

「何やってんだ。詰めが甘いぞ」

「すみません。でも源五が嘘《うそ》をついているように思えませんでしたので、また明日確かめます」

「そうか。ちゃんと調べてこいよ」

忠次が言った。

「へい」

辰吉は頭を下げ、

「あと、常吉殺しのことなんですが」

と、切り出した。

「なんだ」

「あの日、源五は妹のお竹から話したいことがあるから、『武蔵屋』の外で待っているという文が届いたそうなんです。それで、源五は出かけたそうなのですが、いくら待ってもお竹は来なかったと言っています」

「お竹が来なかった？」

「ええ、お竹も源五を呼んでいないようです」

「どういうことだ」

忠次がきいた。

「源五は嵌《は》められたと言っています」

辰吉は答えた。だが、半信半疑であった。源五がそう言っているだけで、実は殺すために待機していたのかもしれない。

だが、源五は自身が疑われていることに驚いていたし、あの時の表情は芝居のようには思えなかった。

「もし、源五が言っていることが嘘でなければ、常吉殺しとは関係ないことになるな」

忠次が難しい顔をして言い、さらに続けた。

「それで、傳兵衛殺しについても、源五は関《かか》わっていないかもしれない。ただ、手柄若を襲ったことだけが、源五の犯したことになるか……」

辰吉の頭の中では、殺しについてふたつのことが錯綜《さくそう》していた。ひとつは源五が関わっているのではないかということだが、もうひとつは西次郎一家が後ろにいるのではないかということだ。

次の日の朝、辰吉は雷門の前を通り、東本願寺の横を抜けて、新堀川《しんぼりがわ》を渡り、浅草坂本町へ行った。

どこからとなく、「えい、やあー」と勇ましい声が聞こえて来る。辰吉はそこへ行くと、『辰巳流《たつみりゆう》剣術道場』と書かれていた。

辰吉は道場にあがった。

見渡すと、十五、六くらいの若い男の弟子たちが竹刀を振っている。白髪交じりの小柄で俊敏そうな師範と思われる男が、弟子たちの合間を歩き、一人ひとりに「脇《わき》が開きすぎている」だとか、「踏み込みが足りない」などと指導して回っていた。

しばらくして、「やめい」と師範が声をかけた。

師範は辰吉に顔を向けると、近寄ってきた。

辰吉は軽く頭を下げて、

「あっしは通油町の忠次親分の手下で辰吉という者です。こちらに村木源五さまはいらっしゃいませんか」

と、訊《たず》ねた。

「村木殿はたしかに、ここで教えているが、今日は休ませて欲しいとさっき言って来た」

「何かあったんですか？」

「さあ、詳しいことはわからぬ。あまり踏み入るようなことは失礼にあたるので、何も聞いていない」

師範は首を横に振った。

もしかしたら、昨日襲ってきた者たちを探しにでも行っているのだろうか。

辰吉は気になりつつ、

「村木さまはどのような方ですか」

と、きいた。

未《いま》だに源五のことがよくわからない。昨日少し話した限りでは実直そうで、常吉と傳兵衛を殺したとは思えない。それに、手柄若を襲ったことにしても、そこには裏がありそうだ。

「そうだな、村木殿はとにかく腕が立つ。だが、村木殿は守りの剣だ」

師範は答えた。

「守りの剣？」

辰吉はきき返した。

「人を斬《き》るためでなく、自らを守るための剣術ということだ。向こうから襲い掛かってきたときには力を発揮するが、自ら仕掛けるようなことはない」

師範が説明を加えた。

「つまり、人を殺すような剣術ではないということですか」

辰吉は確かめた。

「いかにも。村木殿は人を斬ったことがない」

師範は言い切った。

「どうして、そんなことが？」

「人を斬ったことがある者は目つきでわかる。なんというか、刀を構えた時の眼光が違うのだ。でも、村木殿にはそれはない。おそらく実践で使ったとしても、刀を弾《はじ》き返して、相手に峰《みね》打《う》ちでも喰《く》らわせるのだろう」

師範は考えるように言った。

源五は人を斬ったことがない。ただの剣術の師範が感じたことだが、源五が常吉、傳兵衛殺しの下手人ではないかもしれないという思いが増した。

「ちなみに、村木さまのお住まいはどちらで？」

辰吉はきいた。

「すぐ裏だ。ここを出て、次の角を右に曲がったところの裏長屋の一番手前だよ」

師範は手振りを交えて教えてくれた。

「ありがとうございます」

辰吉は礼を言ってから道場を出て、さっそく裏長屋へ向かった。

長屋木戸をくぐると、赤子を負ぶった若いおかみさんが井戸の水を汲《く》んでいた。

辰吉は軽く頭を下げて、源五の家の前で立ち止まった。

腰高障子《こしだかしょうじ》を叩く。だが、返事はない。

「村木さまを探しているのかい」

後ろからしゃがれた女の声がした。振り返ると、赤子を背負ったおかみさんであった。近くで見るとまだ若いが疲れが顔に滲《にじ》み出ていた。

「ええ、ちょっと……。ここは村木源五さまのお住まいですよね」

辰吉は念のために確かめた。

「そうだよ。村木さまは多分、道場に行っていると思うよ」

おかみさんはにこっと笑って答えた。

「さっき道場に行ったら、今日は休むそうで……」

「そうかい。ならわからないね」

おかみさんは申し訳なさそうな顔をした。辰吉はとりあえず、源五がここに住んでいることがわかればよかった。

「わかりました。また出直します。ところで、村木さまはどんな方ですか？」

辰吉は訊ねた。

「とってもいい人よ。お侍にしては珍しく偉ぶらないし、近所の子どもたちの遊び相手にもなってくれるんだ。それに、足が悪いお年寄りがいると、代わりに買い物なんかに行ってくれる。あんな人がいるのかと感心するくらいさ。それでもって、背も高くて、すらっとして、私がもっと若ければねえ」

おかみさんは冗談っぽく笑った。

辰吉が思っていた源五とは違っていた。丸傳一家の用心棒をするくらいだから、もっと厳《いかめ》しい男なのかと思っていた。

辰吉は次に自身番へ行き、

「すみません。村木源五さまについて何か知りませんか」

と、四十代半ばくらいの男にきいた。

「村木さまですか。あなたは一体?」

男は少し不審そうに辰吉を見る。

「日本橋通油町の忠次親分の手下で辰吉といいます。ちょっと調べていることがありますんで」

辰吉は慌てて説明した。

「そうですか。村木さまは一言で言えば、律儀な方ですな。私が道場を紹介してあげたのですが、その時の礼だと言って、菓子折りを持ってきてくれたんです。そんなことまでしてくれないで構わないと言ったのですが、これからも世話になるのだからと言ってくれて」

この男も、源五のことは好《よ》く語った。

確かな証《あかし》があるわけではないが、源五は下手人ではない。辰吉はそう感じながら、浅草坂本町を離れて、両国広小路に向かって歩き出した。

二

昼四つ（午前十時）頃、辰吉は両国広小路にやって来た。相変わらず人出が多く、昨日と変わらない風景だった。

ふと、辺りを見渡していると、芝居小屋の近くの幟《のぼり》がいくつか立っている下で、じろじろと通行人に目を遣《や》っている源五の姿を見かけた。

何をしているのだろうと思い、辰吉は源五に近づいて、

「村木さま」

と、横から声をかけた。

源五はじろっと大きな目を辰吉に向けて、

「そなたは昨日の岡《おか》っ引《ぴ》きの手下だな」

と、声を上げた。

「ええ。こんなところで何をされているのですか」

辰吉はきいた。源五は話しかけている間も往来を気にしているようで、目が遠くを見ていた。

「いや、特に……」

「もしかして、昨日、村木さまを襲った輩《やから》を探しているのではないですか」

辰吉は咄嗟《とっさ》に思いついて訊ねた。

「うむ」

源五は辰吉の顔色を見てから答えた。

「仕返しするつもりですか」

「いや。あいつらは誰かに雇われて、俺《おれ》を襲ったはずだ。誰に雇われたのかを聞きだすだけだ」

源五は小さいが、力強い声で返す。

「村木さま、それはあっしにお任せください」

辰吉は進み出た。

「お前さんに？」

「ええ」

「いや、これはわしの問題だ」

源五はきっぱりと言う。

「村木さまに限って、まさか乱暴な真似《まね》はしないと思いますが、これはちょっとあっしの探索していることと関わっているかもしれねえんです」

「お前さんが調べていること？　常吉と傳兵衛殺しか？」

「はい」

「そのことで、まだわしを疑っているんだな」

源五がじろりと辰吉を睨《にら》む。

「いえ、そうじゃありません。村木さまのことを方々で聞いたら、いくら傳兵衛の命令だとしても人を殺すようには思えません。それに、何者かが村木さまが下手人だと思わせるような仕掛けをしたものだとも考えています」

「その言葉に嘘、偽りはないだろうな」

「ええ」

辰吉は力強く頷いた。

「そうか。なら、お前さんに任せよう」

源五は辰吉に約束を交わす時のような目を向けてきた。源五が誰に襲われたかまだわからないが、大嶋組か丸傳一家のどちらかに違いない。

「ところで、お前さんはわしを探しに両国広小路に来たのか」

源五がふと思いついたように口にした。

「いえ、村木さまと会ったのはたまたまです。実は村木さまを襲った男たちを最初に見かけたのが、あそこなんです」

辰吉は屋台のおでん屋を指して言った。

「そうか、わしは隣の蕎麦屋で腹ごしらえをしていたからな」

源五は納得するように言ってから、

「それで、あそこできき込みをしようというわけか」

と、きいてきた。

「はい」

辰吉は短く答える。

「ならわしも一緒に聞かせてもらって良いか？」

「村木さまも？」

「ああ、気になるのだ。お前さんの邪魔はせぬ」

源五は気を遣《つか》うように言った。

「わかりました」

辰吉と源五は昨日の屋台のおでん屋に入った。客はおらず、背の低い五十過ぎの亭主がふつふつと湯気が立っている鍋《なべ》に具材を入れていた。

「すみません。ちょっとお伺いしたいのですが」

辰吉が声を掛けると、亭主は顔を上げ、

「あ、あんたは昨日女と一緒だった人だね」

と、思い出すように言った。

「ええ、よく覚えていますね」

「そりゃあ、女を置いて飛び出していったんだから」

辰吉はそう聞いて、何だか恥ずかしいような、おりさに対して申し訳ないような気持ちになった。

「で、その女のことでききに来たのか」

亭主が具材をさらに鍋に入れながら、上目遣いできく。

「いえ、違うんです。あの時、あっしの隣にいた二人組の男たちについてなんです」

「ああ、あいつらか」

「ご存知ですか」

「何度か見かけたことがあるが知らねえな」

亭主は吐き捨てるように言う。

「いつ見かけましたか」

辰吉はさらにきいた。

「昨日だろう、それから五日ばかし前にも見たっけな」

亭主は鍋の様子を気にしながら答え、

「あの易者先生に聞いてみたらいい」

「易者?」

「ほら、あの真勢流本筮易って旗があるだろう。あそこにいる仙人みたいな方だ」

亭主が指で示した。

その先には、昨日占ってもらった易者がいる。

「どうして、あの人が?」

「よく当たるって有名だからだ」

亭主はいい加減に答える。

「でも、あの人は当たりませんよ」

辰吉は昨日の事を思い出して言ってから、

「それより、その男たちがここらで何をしているのか心当たりはありませんか」

と、きいた。

「俺にはわからねえ。とりあえず、あの先生のところへ行ってみろ。俺は何にも知らねえから」

亭主は追いやるように言った。

仕方がないので屋台のおでん屋を出ると、

「あのおやじはああ言っていたが、どうする？」

源五がきいた。

「まあ、易者なんて……」

昨日おりさとの関係でよくないことを言われて、怒って帰ったのであまり乗り気ではない。

「わしもあの易者のことは当たると耳にしたことがある。物は試しだ。行ってみようじゃないか」

源五は易者の元へ歩き出した。

「村木さま、待って下さい」

辰吉は慌てて後を追った。

易者にはそれほど人は並んでいなかったが、それでも三人いた。源五は最後尾に付いた。そして、ひたすらに黙って、何やら思いを馳《は》せているようだった。

辰吉は易者と話すのが嫌だなと思いつつ、源五に話しかけようにも話しかけられる雰囲気ではなかった。

順番を待ち、その番になって辰吉は易者の前に腰を下ろし、

「すみません。占いじゃないんですが」

と、声をかけた。

「なんでしょう？」

易者は昨日のことを覚えていないのか、何事もなかったかのような表情だ。

「実は昨日、あそこの屋台のおでん屋で見かけた二人組の男を探しているんです。面長で鼻が大きい男と、猪首《いくび》の厳《いか》つい顔の男なんですが……」

辰吉がそう言うと、易者の顔が急に強張《こわば》った。

「昨日いた男たちか？」

「そうです」

「その男たちのことが知りたいのか？」

「ええ」

辰吉が頷くと、

「どうして、そんなことを知りたいんだ」

易者はもったいぶったようにきく。

「この男は岡っ引きの手下だ」

横から源五が口を挟んだ。

「岡っ引きの手下……。なら、占ってやろう」

易者は妙に重々しく言うと、筒から筮竹《ぜいちく》を取り出して手に持ち、目を瞑《つぶ》って半分に分けた。それから、何回かに渡って、筮竹をさらに振り分ける。

「見えた！」

易者がカッと目を見開いた。

「何か分かったか」

源五が身を乗り出すようにきく。辰吉は横目で見ながら、案外源五は信じやすいのだなと可笑《おか》しく思えた。

「あいつらは元鳥越町《もとどりごえちょう》に住む兄弟だ」

「元鳥越町？」

「ああ、そこの太郎兵衛店《たろべえだな》だ」

易者がはっきりと言った。

「まさか……」

辰吉はどうせ出鱈目《でたらめ》を言っているんだろうと思っていたら、

「面長の方が長男の祥蔵《しょうぞう》で、猪首の方が次男の才蔵《さいぞう》だ」

と、今度は名前を告げてきた。

「先生はそんなことまでわかるのか」

源五は心底驚いたような反応をしている。

だが、昨日のこともある。辰吉はいぶかしんで、

「先生、いい加減に言っていないでしょうね」

と、鋭い目つきできいた。

「なに、わしの占いを信じぬというのか？」

易者は睨みつけるようにして言い返してきた。

「そういうわけじゃありませんが、そんな住まいも名前もわかる占いっていうのがあるっていうのが……」

辰吉は首を傾《かし》げた。

「信じないのならそれでいい。だが、あいつらは随分と他人様《ひとさま》に迷惑をかけているぞ。人を殺すようなことはないだろうが、強請《ゆすり》に集《たか》りは序の口だ」

易者は自信満々に言う。

「おい、さっそく元鳥越町に行ってみようじゃないか」

源五が辰吉に促した。

「村木さまはこの先生の言うことを信じるのですか」

辰吉は易者を横目に見ながら、小さな声で言った。

「他に手掛かりはない。とりあえず、有名な先生の言うことだ。まあ、騙《だま》されたと思って行ってみてもよかろう」

源五はすっかり信じ込んでいるようだ。

人が好いというのか、騙されやすいというのか……。とにかく、実直な男なんだろうと改めて思った。

「じゃあ」

辰吉はとりあえず易者の言う通り元鳥越町に行こうと重い腰を上げると、

「待て、見料を忘れておるぞ」

易者が注意した。

「なに？　俺は占いに来たわけじゃねえ。探索で来ているんだ」

「だが、私が筮竹を使って、その二人組の居所を見たのは確かだ。ただというわけにはいかない」

易者は頑《かたく》なに言った。

「じゃあ、もし先生が言っていることが正しければ、また払いに来ますよ」

辰吉は舌打ち混じりに答えた。

「わしの言ったことに間違いない。それに、お前さんはそう言って、払いに来ないかもしれない」

易者は引かなかった。

「辰吉、易者の言うこともわからんではない。わしが払っておくから、さっさと行こう」

源五は懐《ふところ》から財布を取り出すと、銭を易者に渡した。

「いえ、村木さま。そこまでする必要は……」

「いいんだ。さあ、行くぞ」

源五は歩き出した。

「まったく」

辰吉は呆《あき》れながら源五に付いて行こうとすると、

「最後に言っておくが、お前さんはあの女と一緒にならない方がいい」

易者が重たい声で言った。やはり、この易者は昨日のことを覚えていたのだ。源五も立ち止まり、振り返った。

「お言葉ですけど、あっしの気持ちは固まっているんです」

辰吉は易者に言い返した。

「いや、この卦《け》は強く出ている。あることをしない限り、お前さんはあの子と幸せに暮らせない」

「あること？」

「岡っ引きの手下って言いなさったな。多分、そのことだ。捕り物を辞めない限りだめだ」

易者は決めつけて言った。

「いい加減にしてくれ」

辰吉はそう吐き捨てて、その場を去った。

「お前さんは誰か好い女子《おなご》がいるのか」

しばらくして、源五がきいてきた。

「まあ、でもあの先生の言うことなんて当てにならないですよ」

辰吉はぶつぶつ言いながら、源五と一緒に浅草橋を渡って、元鳥越町に向かって進んだ。

昼近くになっていた。ふたりは元鳥越町にやって来た。

そこの自身番へ行き、

「この町内に太郎兵衛店というところはありますか」

辰吉は中年の小太りの男にきいた。

「太郎兵衛店はここを出て、二番目の角を左に入ったところですよ」

男は指で示した。

「じゃあ、そこに祥蔵と才蔵って男が住んでいますか」

辰吉はまさかいるとは思わずきいた。

「ええ、いますよ」

男はあっさりと答える。

「あの易者は凄《すご》いな」

源五が感嘆の声を漏らした。

「易者？」

男は首を傾げる。

「いえ、こっちの話です。それより、祥蔵と才蔵っていうのは、町内の厄介者じゃございませんか」

辰吉は訊ねた。

「いかにも、そうでございますよ」

男が頷いてから、

「色々なところで喧嘩《けんか》や揉《も》め事を起こしてくるので、大家さんも困っているみたいですよ。外でやらかしてくるならまだしも、ひと月ほど前には、隣に住んでいた易者の先生にいちゃもんを付けて金をせびっていましたよ」

男は呆れたように、ため息混じりに言う。

「えっ、易者？　もしかして、顎鬚《あごひげ》の長い？」

辰吉はおやっと思ってきいた。

「そうです。ちょっと有名な人みたいですよ。少し前までは深川の方で商売をしていたそうですが、あまりにも祥蔵と才蔵が金をたかりに来るものだから、今は他の場所を探していると言っていましたけどね」

男は何気なく話した。

「そうですか」

辰吉はこれでようやく納得した。その易者は両国広小路にいた者だろう。

占いで住まいと名前まで当てるのはどうもおかしいと思っていた。

「ふざけやがって」

辰吉はあの易者の顔を思い出して、思わず声が出た。

それから、自身番の男に礼を言い、太郎兵衛店の裏長屋へ行った。

辰吉は一番奥の腰高障子を叩いた。

「誰だ」

中から鋭い声がする。

「通油町の辰吉ってもんだ。ちょっとききたいことがある」

「辰吉？　知らねえ名前だな」

腰高障子が開いた。

寝ぐせが付いている面長で鼻の大きな祥蔵が土間に立っていた。

祥蔵は辰吉の隣にいる源五を見るなり、

「あっ」

と、言って息を呑《の》んだまま、言葉を失っていた。

「昨日、両国広小路からこちらの村木さまを付けて、東本願寺の近くで襲っただろう」

辰吉はいきなり鋭い口調で切り出した。

「いえ、人違いじゃ……」

祥蔵の声は震えていた。

「惚《とぼ》けたって無駄だ。こっちはちゃんと見ていたんだ」

辰吉が叩きつけるように言う。

ちらっと源五を見ると、祥蔵に鋭い眼差《まなざ》しを向けていた。

「……」

祥蔵は何も答えない。

「しらばっくれるつもりか？　村木さまもお前の顔はちゃんと覚えていらっしゃる」

辰吉は追い打ちをかけるように言った。

「本当に人違いだ。俺は知らねえよ」

祥蔵は引けた腰で否定し続けた。

「そうか。そんなに言うなら、自身番まで連れて行かなきゃならねえな」

「えっ、お前さんは岡っ引きなのか」

祥蔵は辰吉を見て驚いたように言う。

「通油町の忠次親分の手下だ。正直に話さねえとしょっ引くことだってできるんだ」

辰吉が脅しをかけると、

「事と場合によっては、牢《ろう》に入ることもあろう」

源五が低い声で追い打ちをかけた。

「待ってくれ。ちゃんと、話せば堪忍してくれるか」

「ああ」

辰吉は頷いた。

「わかった。まあ、中に入ってくれ」

祥蔵は強張りながら辰吉をまだ布団が敷いたままの散らかった部屋に上げた。

「村木さまに何の恨みがある？」

辰吉はきいた。

「いや、何もねえ。ただ雇われたんだ」

「誰にだ」

「名前はわからねえが、村木さまに似たような背格好の男だ。それで、片目に傷を負っている渡世人風で……」

辰吉はそう聞くと、もしやと思った。

「その男は何でお前たちを雇ったんだ」

辰吉がきくより早く、源五が口にした。

「わかりません。ただ、十両遣るから、始末してくれって……」

祥蔵は身を縮めて、源五に答えた。

「村木さまのことについては知らされていたのか」

辰吉がすかさずきいた。

「ああ、とにかく強い奴だと言われていた。だから、出来るだけ人を集めて襲えって言われたんだ」

「でも、お前の弟の才蔵とふたりで襲ったな」

「人を増やせば、そいつらにも金をやらなきゃならねえから。俺たちも腕に覚えがあるし、ふたりで十分だと思ったんだけど……」

祥蔵は情けない声を出した。

「そういうことだったのか。ところで、その男とはどうやって会ったんだ」

辰吉はきく。

「馬喰町《ばくろちよう》あたりで、いきなり声を掛けられたんだ。それで、前金に五両を渡されて……」

「その男は他に何か言っていなかったか」

「いえ……」

祥蔵は首を横に振った。早く終わって欲しいのだろう。この場から逃げ出したいような様子があからさまだ。

「もしまた何かわからねえことがあれば来させてもらう」

辰吉はそう言って、長屋を後にした。

長屋から少し歩いたところで、

「村木さま、祥蔵に襲うように頼んだ男をご存知で？」

「わしと似たような背格好で、片目に傷がある男か……」

源五は知っているような口ぶりである。

辰吉も思い当たる男がいる。

「どうですか？」

辰吉は自分の思い当たる男と、源五が考えている男が一致しているか確かめたかった。だが、源五は「うーむ」と唸《うな》るだけで、その名を口にしない。

辰吉は埒《らち》が明かないと思い、

「村木さまは西次郎一家の徳三郎という男はご存知ですか？」

と、遠回しにきいた。

「知っている」

源五は頷いた。

「徳三郎さんは、村木さまと背格好が似ているようですが」

「そうだな。後ろ姿ではよく間違えられたものだ。わしはあいつと馬が合わなかったから、間違えられるのが不快であった」

源五は渋い顔で言った。

「村木さまを襲うように祥蔵に声をかけたのが、徳三郎ということは考えられませんか」

辰吉はしびれを切らして言った。

「……」

源五は難しい顔をしながら、それに関しては答えなかった。

「傳兵衛と常吉のふたりの親分殺しと、村木さまを襲ったことが何か関係しているんじゃないかと思うんです」

「いや、それは……」

「徳三郎は村木さまと背格好も似ていますから、あのふたりの親分殺しの下手人ということも考えられます」

辰吉は淡々と語った。

源五は肯定するでもなく、否定もしなかった。

「徳三郎が全《すべ》て裏にいるってことじゃないですか？　ってことは、全て西次郎が仕組んでいるんじゃ？」

辰吉は昂《たか》ぶって、早口になった。

「まだわしの考えがまとまっておらん。が、すぐにわかるはずだ。そしたら、必ずお前さんに伝えるから」

源五はそう言うと、一人でさっさと歩いて行った。

辰吉はその後ろ姿を目で追いながら、徳三郎が源五を襲うように指示したとしたら、どういうことなのか考えた。

とりあえず、忠次に報告だ。

辰吉は北風に向かって歩き出した。

三

その日の夕方、辰吉は『一柳』の奥の間で忠次の帰りを待っていた。忠次は定町廻《じょうまちまわ》り同心の赤塚新左衛門と見廻りに行っている。

しばらくして、忠次が部屋に入ってくるなり、

「親分、源五は確かに浅草坂本町に住んでいました」

辰吉は頭を下げながら伝えた。

忠次が正面に腰を下ろすと、さらに続けた。

「それに、源五の評判は近所ではすこぶる好く……」

と、辰吉は道場の師範、同じ長屋のおかみさん、自身番の男の話を伝えてから、

「そういうこともありまして、やっぱり源五は白だと思います。下手人ではありませんよ」

と、自信を持って言った。

「確かに、源五がふたりの親分を殺したというのは納得できない部分もある。で、昨日源五を襲った男たちについては？」

忠次がきいた。

「昨日、源五を襲ったのは、祥蔵と才蔵というごろつきで、背が高くて、細身で、片目に傷を負っている男に十両の金で雇われたからだそうです」

「背が高くて、細身で、片目に傷を負っている……」

忠次は辰吉の言ったことを繰り返しながら、ぴんと来たように目を大きく見開いた。

「あっしは徳三郎だと思うんです」

辰吉は力強く言った。

「西次郎が裏にいるのか。待てよ、そうだとすると、徳三郎が常吉、傳兵衛殺しの下手人ということも考えられる。源五を嵌めたのも徳三郎か」

忠次は色々と考えを口にした。

しかし、徳三郎が常吉、傳兵衛殺しの下手人だとしたら釈然としないこともある。

西次郎が言っているように、わざわざ常吉と傳兵衛を殺さなくても、今や西次郎一家の勢力が大きいから、そのうちシマを分捕れるはずだ。殺しをするとなれば、西次郎よりもあのふたりの親分の組が大きくないと成り立たないのではないか。

だが、徳三郎が要になっていることに変わりはない。もしや、殺しに関しては西次郎は関係ないのか。

だとしたら、徳三郎は常吉と傳兵衛にどんな恨みがあるのだろう。そして、源五を襲った理由は何か。

辰吉の頭の中は、もやもやしていた。

忠次も難しい顔をしている。

「とりあえず徳三郎のことを調べてみる必要があるな」

忠次が顔をしかめながら言った。

「へい」

辰吉は張りのある声で答えた。

次の日、空の半分は雲で覆われていた。しかし、雨の降りそうな重たい雲ではなかった。風もそこまでなく、日向《ひなた》では仄《ほの》かに暖かさを感じる陽気であった。

辰吉は朝から京橋具足町へ行き、丸傳一家を張っていた。しばらくは特に目立った動きはなかったが、昼前にこの間、話をきいた屑屋が現れた。

辰吉は屑屋が丸傳一家から出てきたので、その後を尾けて、すこし離れたところで、

「ちょっと、屑屋さん」

と、後ろから声をかけた。

屑屋は振り向き、

「あ、あなたはこの間の……」

と、思い出したように言う。

「ええ、あの時はありがとうございました。まだ聞きたいことがあるんですが、いまちょっとよろしいですか？」

辰吉は丁寧にきいた。

「かまいませんが」

屑屋は仕方なさそうに答える。

「昔、丸傳一家にいた徳三郎という男を知っていますか」

辰吉はさっそく切り出した。

「ええ」

「どんな男でしたか」

「丸傳一家の中では一目を置かれていましたね。腕の立つ方だったようですので」

屑屋は淡々と答える。

「徳三郎が丸傳一家を離れた理由を知っていますか」

辰吉はきいた。

「何かで失敗したと言うのですが……」

と、屑屋は言いかけて、首を少し傾げた。

「他のこともあるんですか」

辰吉はすかさずきいた。

「あっしの知り合いで、丸傳一家に出入りしている鋳掛屋《いかけや》で、長介《ちょうすけ》さんって人がいるんです。その男が言うには、長介さんは徳三郎さんと親しくて、徳三郎さんは寝返るような男ではない。何か裏があると言っていました」

「裏がある？」

「ええ。でも、あっしは詳しいことは知らないんで、何なら鋳掛屋の長介さんに聞いてください」

屑屋は押し付けるように言った。

「長介さんはどこに住んでいるんです？」

辰吉はきく。

「日本橋馬喰町の郡代屋敷の裏の方です。あっしの住んでいるところのはす向かいなんです」

「いつもどのくらいに帰ってくるんです？」

「遅くとも、暮れ六つには帰っているはずですよ」

「わかりました。じゃあ、長介さんを訪ねてみます」

辰吉はそう言って、屑屋と別れた。

そして、『一柳』へ行き、忠次にこのことを話してから、日が暮れた頃に馬喰町の自身番を訪ねた。そこで、長介の住まいを聞き、裏長屋にやって来た。

長介の家の前で立ち止まると、家の中から灯《あか》りが漏れていた。

辰吉は腰高障子を叩いた。

すぐに若くて、瘦《や》せた色の浅黒い男が出てきた。

「長介さんですね」

辰吉は確かめた。

「そうですが」

「通油町の忠次親分の手下で辰吉といいます。ちょっと、西次郎一家の徳三郎のことでお伺いしたいんですが」

「徳三郎さんっていうと、あの丸傳一家にいた人ですよね？」

長介がきいてきた。

「そうです。あなたが徳三郎さんを良く知っているそうで」

「いえ、良く知っているなんてわけではありませんが……」

「徳三郎さんは丸傳一家を裏切るような男ではないとあなたが喋《しゃべ》っていたと、はす向かいの屑屋さんから聞きましたが」

辰吉はさっきの話を持ち出した。

「まあ、そうなんですが、何を調べているんです？　あっしが色々と話したことで、何か恨まれるような……」

長介は心配そうに言った。

「いえ、そんなことはないので安心してください。ただ、知りたいだけですから」

「そうですか。じゃあ、寒いですから、中にどうぞ」

長介は辰吉を上がらせた。

辰吉が古びた火鉢の前に腰を下ろすと、向こうから進んで話し出した。

「あっしはよく丸傳一家に出入りしているんですが、よく徳三郎さんに会っていました」

屑屋と同じことを言う。

長介はさらに続けた。

「ある時、急に徳三郎さんを見かけなくなったんです。それで、どうしたのか丸傳一家の人にきいてみたら、いまは西次郎一家に寝返ったって下っ端の子分たちが怒っていたんです。でも、代貸の磯太郎さんに、『今まで世話になった丸傳一家を裏切るなんて、酷《ひど》いですね』と言ったら、『あいつにはそれなりの事情があるんだろう』ってそんなに咎《とが》めなかったんです。あっしはその時におかしいと思いましてね。っていうのは、磯太郎さんは丸傳一家を抜ける者たちには随分と厳しいんですよ。徳三郎さんよりも前に西次郎一家に鞍替《くらが》えした子分なんかは居酒屋で見つけて、半殺しに遭《あ》わせたと聞きましたから」

「それで、徳三郎に何か他に事情があると思ったわけですね」

辰吉は確かめた。

「まだあります。たしか、去年の十二月の半ばくらいですかね。あっしが得意先の旦《だん》那《な》に呼ばれて、柳橋の舟宿にあがった時、あの二人が二階の座敷で呑んでいたんです」

「ふたりが会っていた？」

「そうなんです。不思議じゃありませんか？　いわば、丸傳一家の二番手が、裏切った男と会っていたなんて」

長介は身を乗り出して言う。

「見間違いではありませんか」

辰吉はきいた。

「いえ、間違いありません。それも一回だけじゃねえんです。また違う日にもそこで会っていました」

自然と長介の声は大きくなっていた。

「ふたりは何を話していたか聞いていませんか」

「さあ、そこまでは……」

長介は考えるように答え、

「あ、ただ相撲《すもう》の興行だとか言っていたような」

と、思い出すように言った。

「相撲の興行？」

「確か、そんなことを言っていました」

「他には覚えていませんか？」

「いえ、すみません……」

長介は首を横に振った。

「そうですか」

相撲と聞いて、まず手柄若のことが浮かんだ。丸傳一家は相撲の興行に関わっているのだろうか。

それを良く知っているのは、父の辰五郎だ。

辰吉は馬喰町から実家の『日野屋』がある大富町へ向かった。

夜の帳《とばり》が下りていた。寒空に、雲は出ていない。見上げると満月に近い月が照らしている。

大富町のどこの商家も大戸が閉まっている。『日野屋』も戸締りされていて、辰吉は勝手口を叩いた。

すると、奉公人の高助が開けた。

「あっ、辰吉さん」

「高助、悪いな。親父《おやじ》はいるか」

「ええ、居間でお凛さんと話しているようですが」

高助は答えた。

辰吉は家に上がって、廊下を進んだ。居間の前に立つと、襖《ふすま》の中から笑い声が聞こえてきた。

襖を開けると、辰五郎と凛が一斉に振り向いた。

「兄さん、遅くに珍しいわね」

凛が軽く驚くように言う。

「ちょっと、親父に聞きたいことがあったんだ」

辰吉はふたりの傍《そば》に腰を下ろし、徳三郎がごろつきを雇って、源五を襲わせたことも話した。

「なるほど。その徳三郎って男はひょっとすると、丸傳一家の間者《かんじゃ》かもしれねえな」

辰五郎は指摘する。

「実は相撲の興行のことだ」

辰吉は切り出した。

「興行？」

「ああ、実は……」

と、辰吉は徳三郎と磯太郎のことを話した。

「江戸の本場所を仕切っているのは、昔から大嶋組だ。だが、地方興行となるとまた変わってくる。たとえば、丸傳一家は京や上方に伝手《つて》があるそうで、江戸の力士を向こうに連れて行って相撲を取らせたりする。特に手柄若なんか年に二度、江戸での場所が終わると、必ず向こうに行くことになっている」

と、辰五郎は語った。

「なるほど。手柄若は京、上方か。じゃあ、そのことでふたりは話していたのかな」

辰吉は呟《つぶや》いた。

すると、手柄若を襲ったのは源五だ。その源五を祥蔵と才蔵に襲わせたのは徳三郎だ。

辰吉は、はっとした。

もし手柄若が怪我をすれば、丸傳一家の興行にも響く。だから、源五を痛めつけようとしたのか。

そう考えたが、源五は自らの意思で手柄若を襲ったわけではなく、傳兵衛の命令のようだ。

「傳兵衛と手柄若との間で何かがあったに違いねえ」

辰吉は決めつけるように言った。

「そうだな。だから、源五に手柄若を襲わせたんだ。だが、手柄若を襲わせたのは芝居かもしれねえな。実際に怪我をしていない。手柄若を襲ったのと同じ時期に源五は丸傳一家を離れている。つまり、源五は傳兵衛の命令に背いたってわけだ」

「もしかして、傳兵衛が手柄若を襲わせた理由は興行のことが絡んでいるんじゃねえのか」

辰吉が思いつきで言った。

「興行のことか……」

辰五郎は考えるように繰り返し、

「そういや、もうだいぶ昔になるが、興行のことで揉めて、力士が興行主のやくざから怪我をさせられたことがあったそうだ。それも考えられるな」

と、大きく頷いた。

「親父、そのところ調べてもらえるか？」

辰吉が頼むと、

「もちろんだ。一連のことがわかれば、手柄若の引退を食い止めることが出来るかもしれねえ」

辰五郎は快く引き受けた。

辰吉は徳三郎と磯太郎の関係に想いを馳せた。

四

翌日の昼間、辰五郎は神田紺屋町にやって来た。『鳥羽屋』へ行こうと、店のすぐ近くまで来ると、正面からおりさの姿が見えた。

向こうも辰五郎に気づいたようで、頭を下げてきた。

「『鳥羽屋』にお遣いか？」

辰五郎が声をかけると、

「実は清吉さんが昨日『川萬』に来た時に紙入れを忘れてらしたので、届けに来たんです」

おりさが答えた。

「そうか。遣いで大変だな」

「いえ、そんなに遠くないですし。あとで辰吉さんと会うんです」

「そうか」

辰五郎は目を細めて見ると、おりさは少し照れるようにはにかみながら、

「それより、親分は？」

と、きいてきた。

「ちょっと、調べていることがあってな」

辰五郎は詳しくは言わなかった。

それから、『鳥羽屋』に入った。間口の広い土間で、番頭に清吉がいるかどうか確かめてもらうと、奥の十畳間に通してくれた。

しばらく待っていると、清吉が現れた。

「親分、手柄若のことですか」

清吉が正面に座ってきく。

「そうだ。ちょっと、あいつの興行のことで聞きたいんだ」

「興行のこと？」

「ああ、いつも江戸の本場所が終わると、京と上方で興行をするだろう」

「そうですね」

「それを取り仕切っているのが、丸傳一家だな」

「ええ」

「どうして毎回、手柄若は丸傳一家の興行を行っているんだ」

辰五郎が切り込んできいた。

「たしか、傳兵衛親分が手柄若に随分と金を貸していたことがあったそうで、それから、年に二回は興行をする約束をしたらしいですよ」

清吉が答える。

「そうか。それ以外に興行の話はなかったのか？」

「話を持ち掛けてくることはありました。でも、傳兵衛親分との約束もあるんで、断っていました」

「そんなに傳兵衛に義理を立てているんだな」

「いえ、義理というか、後が恐《こわ》いんでしょう。何をされるかわかりませんから」

「怪我を負わされるということか」

「ええ」

もしかしたら、手柄若が襲われたのは丸傳一家の興行の話を断ったからではないか。

だとすると、どこの組が手柄若に話を持ち掛けてきたのか。

徳三郎と磯太郎が密会していたということは、西次郎一家か。

だが、西次郎一家が相撲の興行に手を伸ばしたことはない。相撲の興行をしているとなれば、やはり大嶋組だ。

もしや……。

「親分、大丈夫ですか？」

清吉が顔を覗《のぞ》き込むようにしてきいた。

「大嶋組が手柄若の興行を考えていなかったか？」

辰五郎はきいた。

「何度もそんな話を持ってきたことがあります。でも、手柄若関は丸傳一家に義理立てして断り続けていました」

「そうか」

辰五郎は清吉に礼を言って、『鳥羽屋』を後にした。

それから、日本橋箔屋町の大嶋組へ向かった。

その途中、前方から歩いて来る辰吉の姿が見えた。

「親父、こんなところで何しているんだ」

「これから、大嶋組に行くんだ。実はさっき……」

と、辰五郎は相撲興行の話をした。

辰吉は目を輝かせて、

「一緒に行ってもいいか」

と、きいてきた。

「俺は構わねえが、これからどこかへ行く途中だったんじゃねえのか」

おりさの顔が浮かんだ。

「いや、平気だ」

辰吉は少し迷っているようだったが、振り切るように言った。

気になったが、辰吉が手柄若の話をしてきたので、おりさのことは頭から離れた。

辰五郎が興行のことを説明しているうちに、大嶋組に着いた。

ふたりは大きな屋敷の門をくぐり、庭を抜けて、土間に入った。

「政次郎はいるか」

辰五郎が声を上げた。まだ岡っ引きだった十年前、政次郎は組の中でも五番手くらいであった。だが、大嶋組が分裂して、今の地位にいる。

しばらくして、政次郎が衝立《ついたて》の向こうからやって来た。

「親分、珍しいですね。いまは薬屋を営んでいるとお聞きしましたが」

「ああ、もう捕り物はすっかりやめちまってな」

「それでも、親分がうちに来るとドキッとしますよ」

政次郎は冗談っぽく言うが、目が笑っていなかった。

「いや、実は手柄若のことできに来たんだ」

「手柄若のこと?」

政次郎は意外そうに声を上げた。

「手柄若の興行を考えていなかったか」

辰五郎は単刀直入にきいた。

「え?」

政次郎は驚いたように声を上げた。

「どうなんだ」

辰五郎がきくと、

「そりゃあ、手柄若っていえば人気のある力士ですからね。何度も打診してみたんですが、ずっと丸傳一家との約束があるからって断られてきましたよ」

「でも、今場所が終わった後に京や上方で興行をやるつもりで組んでいたんじゃねえのか」

辰五郎は鋭い目つきで政次郎を見た。

すると、政次郎は苦笑いをしながら、

「親分の目は誤魔化せねえな。そうです、倉賀野《くらがの》に連れて行って、相撲を取らせる予定でした」

と、政次郎はあっさり認めた。

「今まで丸傳一家に義理立てしていた手柄若と、よくそんな約束が出来たな」

「ええ、亡くなった常吉親分がどういうわけか、酒の席で手柄若を酔っ払わせて、約束をさせたみたいなんです」

「手柄若は約束をしたのは確かか？」

辰五郎は確かめた。

「あっしはそれには関わっていないですが、常吉親分はそう仰《おつしや》っていました。もしやそのことで大嶋組と丸傳一家が揉めているると思っているんですか」

政次郎が訝《いぶか》しんだ。

「……」

辰五郎は何も答えないでいると、

「たしかに、そのことで揉めそうになりましたけど、心配することはございません。なんせ、この間手打ちをしたばかりなのに、それを反故《ほご》にして、また喧嘩をしようなんて思いませんよ」

政次郎は首を横に振り、

「それに当の手柄若が怪我で相撲を辞めちまったんですから……」

と、どこか遠い目をして言った。

「お前さんはどうして手柄若が怪我をしたのか知っているのか」

辰吉は確かめた。

「ええ、傳兵衛が大嶋組の興行をさせたくないから、いっそのこと怪我をさせようと企《たく》らんだんでしょう」

政次郎は分かり切ったように言う。

「傳兵衛のことは恨んでいねえのか」

「恨むっていうか。酷いことをしやがるとは思っていますよ。でも、もう過ぎちまったことです。それに、元はといえば、うちの親分が丸傳一家の興行を奪おうとしたことがいけねえんですよ」

　政次郎は意外にも、自分の親分を責めている。

　手柄若が実は怪我をしていないことを政次郎は知らないようだ。おそらく、源五と手柄若の間で、怪我を負わせない代わりに、引退をするというような話し合いがされていたに違いない。もしも、辰五郎が手柄若の立場だとしたら、自分のせいで、ふたつの組が喧嘩を始めることを恐れるだろう。

　だが、不思議なことに、その喧嘩が起こっていない。

「丸傳一家のことはこれっぽっちも恨んでいないんですね」

　辰吉が口を挟んだ。

「ええ、向こうの磯太郎ともちゃんと話を付けたんです」

　政次郎は大きく頷く。

「話を付けたといいますと？　どういう風にです？」

　辰吉は踏み込んできいた。

「そこまで、言わなきゃいけねえですかい」

政次郎は面倒くさそうに言った。

「だって、互いの親分が殺されているじゃないですか」

「まあ、あれは源五が勝手にやったことです」

「あれは源五ではありません」

辰吉はきっぱりと言った。

「それだったら、西次郎一家がやったのかもしれませんね。だけど、あっしは両方の親分がいなくなったことを機に、大嶋組を守るために、丸傳一家と手を組もうとしたんです。だから、あっしが頭を下げに行ったんです」

政次郎は熱弁を振るった。

「政次郎さんが？」

辰吉はきき返した。

「親分の後始末ですよ」

政次郎は当然のように答える。

「そうですか。それで、今までずっと対立していた大嶋組と丸傳一家が手を組んだんですね」

こんな解決を出来るとは不思議な気がした。

「うちと、丸傳一家は元はといえば、親分同士の憎しみ合いで話し合いで解決できることも喧嘩になるようなことが多くあったんです。ふたつの組が争っている間に他の組がどんどん勢力を伸ばして来ました」

「西次郎一家ですね」

辰吉が確かめる。

「ええ」

政次郎は頷いてから、

「これじゃあいけねえと思ったんです。もう親分同士のいざこざにうんざりしていたんです。磯太郎も同じ考えのはずですよ」

と、告げた。

「だから、すぐに手打ちになったんですね」

辰五郎は納得するように頷いていた。

辰吉はもう訊《き》きたいことは済んだとでもいうような目を辰五郎に向けた。

ふたりは大嶋組を後にした。

手柄若が引退すると言い出したのは、大嶋組と丸傳一家が喧嘩に発展すると思ったからかもしれない。

手柄若に会って真相を聞こう。

「親父、俺はちょっと殺しのことでわかったような気がする」

ふたりは手柄若のいる神田紺屋町に向かった。


手柄若が暮らしている『井上屋』に入ると、帳場に旦那がいて、

「ちょっと手柄若に話があるんだ」

と、告げてから二階に上がった。

奥の部屋の前で手柄若の名前を呼ぶと、すぐに襖が開いた。

「親分どうしたんです？」

手柄若がきいてきた。

「ちょっと話があるんだ。聞いてくれ」

辰五郎はそう言って、部屋の中に入り、腰を下ろした。

莨《たばこ》を一服してから、

「大嶋組の政次郎から倉賀野の興行のことを聞いた。今まで傳兵衛に義理立てをして、他の興行を断って来たのに、常吉に酔わされてつい約束しちまったんだな」

と、慰めるように言った。

「いえ、それは……」

手柄若は口ごもる。

「まあ、終《しま》いまで聞いてくれ。政次郎は傳兵衛が源五に命じて、お前を襲ったことを知っているようだが、お前さんは実際に怪我をしていないんだろう。源五と示し合わせて、翁稲荷でうずくまっていただけだ。どうだ、違うか」

辰五郎は鋭い口調で言った。

手柄若は少し俯《うつむ》きながら、

「ええ、親分の言う通りです。今まで嘘をついていてすみません」

と、頭を下げた。

「いや、お前さんの気持ちはよくわかる。興行を巡って大嶋組と丸傳一家が揉めそうだったから、引退をすると宣言したんだな」

「はい」

「だが、常吉も傳兵衛も死んだ。政次郎と磯太郎はふたつの組が争うことを好く思っていねえんだ。それで手打ちもしたし、ちゃんと、話し合いは付いているそうだ」

「えっ、本当ですか？」

手柄若が身を乗り出すようにきいてきた。

「ああ、だから怪我が治ったと言って、また出てきてもらえねえか」

辰五郎は頼んだ。

「待って下さい、親分。今さら出て行っても、親方や他の方々が許してくれないですよ」

手柄若は弱々しい声で言う。

「そんなことはねえ。春場所はお前のために少し延ばしている。皆がお前を待っている。今ならまだ間に合う」

「……」

「手柄若、横綱として相撲を取りたいだろう」

「それは、もちろんです」

「だったら、戻ろうじゃねえか」

辰五郎が力を込めて言った。

手柄若はじっと考え込んでいる。

「どうなんだ」

辰五郎が促した。

「わかりました」

手柄若は腹を括《くく》ったように答える。

「本当か？」

「ええ、また相撲を取らせて頂きます」

「よかった。皆、喜ぶぞ」

その時、隣の部屋の襖が開き、小鈴が現れた。

小鈴は手柄若に近寄ると、手を取り、

「よかった」

と、涙ながらに言った。

「なんだ、師匠《ししょう》来ていたのか」

辰五郎は微笑《ほほえ》みながら、手柄若のこれからの活躍に想いを馳せた。

五

辰吉は辰五郎と別れた後、浅草坂本町へ向かっていた。浅草橋まで来た時、はたとおりさのことを思い出した。

会う約束をしていたのに、またすっぽかしてしまった。この間のことは許してくれたけど、同じことをすぐに繰り返してしまってはおりさは怒るだろう。

今から謝りに戻るか。

いや、やはり、源五に事の真相を確かめる方が先だ。

辰吉はおりさのことを頭から振り払うように、坂本町へ思い切り走って行った。辰巳流剣術道場を覗くと、師範の横で目を光らせている源五の姿があった。

辰吉は道場の中に入った。

すると、源五は気が付いて、すぐにやって来た。

「こんなところまでどうしたんだ」

源五が少し迷惑そうに言う。

「今すぐに確かめたいことがありまして」

辰吉は肩で息をしながら言った。

「何だ」

「手柄若関が興行の話を口にしました。村木さまは傳兵衛親分に手柄若関を襲うよう指示されて、そのように見せかけたんですね」

辰吉は確かめる。

「手柄若がそう言ったのか。ああ、そうだ」

「どうして、傳兵衛の命令を断れなかったんですか」

「お竹の身に危害が加わるといけないと思ったんだ。だから、引き受けざるを得なかった。だが、手柄若を痛めつける気持ちはなかった。だから、あれは傳兵衛を騙すための芝居だった」

源五は認めた。

「ふたつの親分殺しの下手人は徳三郎だとあっしは考えているんですけど、村木さまはどうお思いで？」

辰吉は重たい口調できいた。

「ああ、徳三郎だ」

源五は決めつけた。

「あっしに任せてください」

辰吉は確信を持って、源五の元を離れ、忠次を探しに行った。

手柄若と別れた辰五郎は、おりさのことが気になっていた。さっき、辰吉は自分と一緒に大嶋組に付いてきたが、本当はおりさと会うはずではなかったのか。

辰吉はあれから、どこかへ急いで行ったが、おりさの元ではないだろう。

ちゃんと、会ったのだろうか。

辰五郎は心配になって、『川萬』へ向かった。『川萬』の近くに来ると、店から出てくる清吉をみかけた。

「そういえば、よく来ているようだな」

辰五郎は何げなく話しかけた。

「ええ……」

清吉は恥じらうように頷いた。

辰五郎は、はっとした。

「ひょっとして、おりさのことか？」

辰五郎は思わずきいた。

「ええ、実はおりささんを嫁にしたくて、いま『川萬』の旦那に相談しに行ったんです」

清吉は正直に答えた。

まさか、清吉がおりさに惚《ほ》れていたとは……。

「じゃあ、失礼します」

清吉は去って行った。

辰五郎は複雑な思いで、自宅へ帰る途中、江戸橋を渡ると、西詰の欄干《らんかん》に寄りかかって詰まらなそうにしているおりさを見かけた。

「どうした？」

辰五郎は近寄って声をかけた。

「辰吉さんがまだ……」

おりさは寂しそうに答えた。

「きっと、あいつは浅草の坂本町へ行っている」

「坂本町？」

「例の殺しのことで探索しているんだ」

「そうですか……。やっぱり、捕り物が忙しいと会うのも大変になってきますよね」

おりさが項垂《うなだ》れた。

「……」

辰五郎は何と答えていいのか迷った。

雲間から光が差してきた。

辰吉は徳三郎が下手人だとしたら、一連の殺しについてはどういうことなのか考えながら、赤塚新左衛門と一緒に見廻りに出ている忠次を探していた。

徳三郎が下手人であることに間違いはない。その徳三郎は丸傳一家の磯太郎と会っていたという。常吉殺しに失敗をして、傳兵衛の恨みを買って西次郎一家に逃げ込んだが、本当は丸傳一家に戻りたかったのではないか。

辰吉は、はっと閃《ひらめ》いた。

磯太郎が徳三郎を使って、傳兵衛を殺した。徳三郎は過去のことで殺すことも厭《いと》わなかった。

だが、常吉を殺したのも徳三郎だ。

それは、なぜだろうか。磯太郎が相撲の興行を取ろうとした常吉を恨んで徳三郎に頼んだのか。

相撲の興行では、政次郎は自分の親分の常吉に非があると言っている。それに、今まで親分同士の私情で争っていたことに飽き飽きしていた。ふたりの親分が死んで、大嶋組と丸傳一家は手打ちをした。政次郎はそれを望んでいたかのようだった。

その時、辰吉は再び閃いた。

磯太郎と政次郎は手を組んでいたのではないか。元々、争っているふたつの組の原因は親分だ。その親分さえいなければ、と代貸のふたりが考えたのではないか。

そんなことを考えていると、日本橋駿河町《するがちょう》で、辰吉はようやく赤塚新左衛門と一緒に見廻りに出ている忠次を見かけた。

「忠次親分」

辰吉が肩で息をしながら声をかけると、ふたりは立ち止まり、振り返った。

「旦那、邪魔してすみません」

辰吉はまず赤塚に詫《わ》びを入れてから、

「殺しの真相がわかったかもしれません」

と、声を弾ませた。

「何、どういうことだ」

忠次より先に、赤塚が喰いついてきた。

「さっき、親父と一緒に手柄若のところへ行ったんです。そしたら、手柄若は酒の勢いで、つい大嶋組と倉賀野へ興行しに行く約束をしてしまったらしいんです。そのことで、傳兵衛が怒って、源五に襲わせたそうなんです」

辰吉は語った。

「じゃあ、それがきっかけで互いの子分同士が親分の首を取ったのか」

赤塚がきいた。

「いえ、違うと思います。やっぱり、下手人は徳三郎です。源五もそうだと思うと言っていました」

「昨日、徳三郎がもしかしたら、丸傳一家の間者かもしれないと言っていたな」

忠次が口を挟んだ。

「いえ、間者ではなくて、ただ逃げ込んだだけかもしれません。それで、さっき、ふと大胆な考えが浮かんだんです」

辰吉はもったいぶって言った。

「なんだ?」

忠次と赤塚の声が重なった。

「徳三郎は磯太郎の命で、常吉と傳兵衛を殺したんじゃないでしょうか。さらに、磯太郎と大嶋組の政次郎が共謀していたということも……」

辰吉はそれから詳しい説明をした。

忠次と赤塚は最初半信半疑であったが、徐々に顔色が変わって来て、最後が納得したように頷いた。

「よし、徳三郎をまずひっ捕らえろ」

赤塚が声を上げ、三人は本郷の西次郎一家へ行った。

途中の筋違御門橋の袂《たもと》で箱崎町《はこざきちょう》の岡っ引きの繁蔵《しげぞう》と、本所の岡っ引きの勝平《かっぺい》のふたりが一緒にいるところに出くわした。

勝平は元々繁蔵の手下であった男だ。どちらも、乱暴な探索をすることで、悪い者たちからは恐れられているが、繁蔵は五十歳を超え、歳《とし》を取ったせいか大分丸くなってきた。

辰吉は繁蔵と勝平に殺しのことを語って聞かせた。

すると、繁蔵が、

「なら、あっしは子分を連れて丸傳一家を調べに行きましょう」

と、言った。

「それなら、あっしは大嶋組に」

と、勝平も声を上げた。

辰吉たちは橋を渡り、湯島の坂を上って、本郷の西次郎一家へ行った。

土間に入り、

「西次郎の親分へ」

辰吉は声を上げた。

衝立の向こうから、「誰か来たようだ」という声が聞こえて、西次郎が出てきた。

「これは赤塚の旦那まで、一体どうなさったんですか」

「ちょっと、徳三郎に話があるんだ」

赤塚が声を上げる。

「わかりました」

西次郎は子分に、

「徳三郎を連れて来い」

と、命じた。

子分は只事《ただごと》ではないと察したらしく、慌てたように廊下の奥へ行った。

すると、奥の方でばたばたと音がした。

「辰吉、裏に回れ」

忠次が命じた。

「へい」

辰吉は土間を出て、急いで裏手に回った。

その時、慌てた様子の徳三郎が裏口から出てきた。

辰吉はその前に立ちふさがった。

「何をしているんです？　赤塚の旦那が土間で待っているんですよ」

辰吉は睨みつけた。

「……」

徳三郎は不気味に目を光らせながら、懐に手を入れる。

次の瞬間、匕首《あいくち》をかざしながら、飛び込んできた。

辰吉はとっさに左足を引いて、両手で徳三郎の腕を摑《つか》んだ。

「野郎」

徳三郎が振り払おうした。

辰吉は相手の顎に肘鉄《ひじてつ》を喰らわせた。

徳三郎はよろめいたが、再び襲い掛かってきた。

辰吉はさっと体を躱《かわ》す。

徳三郎はつんのめる。

後ろから、「辰吉！」と忠次の声がした。

そして、赤塚と忠次が徳三郎を囲んだ。

「徳三郎、これでお前の罪を認めさせる手間が省けた。全てを悟って逃げようとしたんだな」

赤塚が言い放つ。

「……」

徳三郎は観念したように、匕首を手放した。

それと同時に、辰吉は徳三郎に縄をかけた。

「詳しいことは自身番できく」

赤塚が厳しい声で言った。

辰吉は近くの自身番まで縄を引いて行った。忠次を見ると、「よくやった」というような誇らしい顔をしている。

空を見上げると、さっきまで陽を遮っていた雲は捌《は》けて、仄かに暖かい日差しが飛び込んできた。

翌日の夜、辰吉は『川萬』の裏口で、おりさを待っていた。

懐に手を遣り、簪《かんざし》があるのを確かめた。二回も約束をすっぽかしてしまったので、昼間に簪を詫びの印として、以前おりさが欲しがっていたものを買いに行ったのだった。

しばらくして、おりさが出てきて、

「辰吉さん、ごめんなさい。ちょっとお店の片付けが長引いちゃって」

と、謝った。

「いや、俺もさっき来たばかりだ」

辰吉は笑顔で首を横に振った。

ふたりはどこへ行くともなく、他愛《たわい》のない話をしながら伊勢町堀を歩き、半刻《はんとき》ほどでまた『川萬』に戻った。

別れ際になって、

「あのね」

突然、おりさが改まった声で言った。

「なんだ？」

辰吉はきき返す。

「さっき、『鳥羽屋』の旦那の清吉さんが私を嫁にしたいって言って来たの」

「えっ……」

辰吉は言葉を失った。

「もちろん、断るつもりよ」

おりさが慌てて取り成すように言った。

「いや……」

辰吉は少し考えてから、

「断ってどうするんだ」

「だって、私は辰吉のお嫁さんになるんだもの」

「俺にはそんな気がねえ。お前とは付き合っているけど、所帯を持つつもりはねえ」

「嘘……」

おりさが何とも言えない声を出す。

「本当だ」

辰吉はきっぱりと言った。

「私は辰吉さんと一緒が……」

おりさも涙ぐむように言ったが、

「俺なんかお前を幸せに出来ねえ。易者の先生も言っていただろう」

と、重たい口調で返した。

「占いなんて……」

「いや、あの人は占いで当てたんじゃない。俺を見て、お前さんとは合わないと思ったんだ」

「でも」

「とにかく、俺なんかより『鳥羽屋』の旦那の方が」

辰吉はそう言うと、おりさを振り払うように夜に向かって走り出した。

後ろでおりさの声がする。だが、振り返ることはしなかった。

途中で立ち止まり、辰吉はこらえきれずに嗚咽《おえつ》を漏らして立ち止まった。

ふと、おりさのところに戻ろうかと思ったが、おりさの幸せを考えると、ここで身を引くしかない。

辰吉は再び歩き出した。

見上げると、満天の星が涙で滲んでいた。


半月後、辰吉は辰五郎に呼ばれて、夜になって実家の『日野屋』にやって来た。

奉公人の高助に裏口を開けてもらい、辰五郎のいる部屋へ行った。襖を開けると、
辰五郎はひとりで酒を呑みながら、番付表に目を通していた。

「辰吉」

辰五郎は驚いたように声をかけた。

「それに手柄若が載っているのか」

辰吉は辰五郎の前に座り、番付表を受け取った。確かに、手柄若が西の横綱として

載っている。

「嬉《うれ》しいじゃねえか」

辰五郎は呟いた。

手柄若の件はこれでけりがついた。政次郎と磯太郎が徳三郎に殺しを命じたことを認めた。ふたつの組の今後のことは、手打ちを仕切った忠次がうまく収めるだろう。

「お前も呑むか？」

辰五郎がきく。

「ああ」

辰吉は頷いた。

辰五郎は立ち上がり、手近の猪口《ちょこ》を取って辰吉に渡した。

辰吉が猪口を受け取ると、辰五郎が酒を注《つ》いでくれた。

「聞いたか。おりさが『鳥羽屋』に嫁ぐそうだ」

辰五郎が口にした。

「そうか」

辰吉は胸が締め付けられるような気持ちになった。

「おりさとは、何があったんだ？」

辰五郎は顔を覗き込むようにしてきいてきた。

「別れちまった……」

辰吉は懐から渡すつもりだった簪を取り出して、畳の上に置いた。

「どうしてだ」

辰五郎は驚いたようにきく。

「旦那はまだ若いのに、やり手で店は益々《ますます》繁盛している。俺なんかよりも、ずっと幸せにできる。おっ母《か》さんのような寂しい思いはさせたくねえんだ」

辰吉はしみじみと言った。

母は辰五郎が捕り物の為《ため》に家を留守にしていて、いつもひとりぼっちだった。子ども心にも寂しそうな姿が胸に堪《こた》えた。母の死に際にも辰五郎は下手人を追っていて、立ち会えなかった。おりさをそんな目に遭わせたくない。

辰五郎は何も答えられないようであった。

「やっぱり、捕り物をしていたら、幸せに出来ねえよな……」

辰吉は大きなため息をついた。

「……」

辰五郎は複雑な表情をして、

「そんなこと考えるんじゃねえ。酒が不味《まず》くなる」

と、酒を呑んだ。

辰吉は徳利《とっくり》を手に取り、辰五郎に注いでから、自分の猪口にも入れた。

猪口に映る顔が情けないほど歪《ゆが》んでいた。

「やっぱし俺は……」

辰吉は酒をぐいと呑み、

「親父の子だ」

と、しみじみ呟いた。

その時、三味線の音が聞こえてきた。凜が弾いているのだ。その音を聞きながら、
辰吉はおりさの幸せを祈っていた。

本書は時代小説文庫（ハルキ文庫）の書き下ろし作品です。

時代小説文庫
こ 6-38

親子《おやこ》の絆《きずな》に恋《こい》賭《か》けて 親子十手捕物帳《おやこじってとりものちょう》❻

著者 小杉健治《こすぎけんじ》
2021年3月18日第一刷発行

発行者 角川春樹

発行所 株式会社 角川春樹事務所
〒102-0074 東京都千代田区九段南2-1-30 イタリア文化会館

電話 03(3263)5247[編集] 03(3263)5881[営業]

印刷・製本 中央精版印刷株式会社

フォーマット・デザイン&シンボルマーク 芦澤泰偉

ISBN978-4-7584-4390-6 C0193
http://www.kadokawaharuki.co.jp/[営業]
fanmail@kadokawaharuki.co.jp[編集] ご意見・ご感想をお寄せください。